大
方
sight

纪念天使协奏曲

Concerto à la mémoire d'un ange

[法] 埃里克-埃马纽埃尔·施米特 著
Eric-Emmanuel Schmitt

徐晓雁 译

中信出版集团 | 北京

图书在版编目(CIP)数据

纪念天使协奏曲 /（法）埃里克-埃马纽埃尔·施米特著；徐晓雁译．-- 北京：中信出版社，2019.3
ISBN 978-7-5086-9666-9

Ⅰ．①纪… Ⅱ．①埃… ②徐… Ⅲ．①短篇小说-小说集-法国-现代 Ⅳ．① I565.45

中国版本图书馆 CIP 数据核字（2018）第 239225 号

纪念天使协奏曲

著　　者：［法］埃里克-埃马纽埃尔·施米特
译　　者：徐晓雁
出版发行：中信出版集团股份有限公司
（北京市朝阳区惠新东街甲 4 号富盛大厦 2 座　邮编　100029）
（CITIC Publishing Group）
承 印 者：浙江新华数码印务有限公司

开　　本：787mm×1092mm　1/32　　印　　张：7　　字　　数：112 千字
版　　次：2019 年 3 月第 1 版　　印　　次：2019 年 3 月第 1 次印刷
京权图字：01-2018-7330　　广告经营许可证：京朝工商广字第 8087 号
书　　号：ISBN 978-7-5086-9666-9
定　　价：45.00 元

服务热线：400-600-8099
投稿邮箱：author@citicpub.com

目 录

下毒的女人 一

L'empoisonneuse

“小心，那个下毒的女人来了！”

孩子们突然僵住了，仿佛一只攥紧了的拳头。随后他们跑到洗衣池尽头的石条凳下躲了起来，那里又阴凉又隐蔽，看得见外面，而外面的人看不见他们。气氛显得很紧张，孩子们大气不敢出。

正午日头下，玛丽·莫雷斯蒂埃穿过马路。这是位高个子的七十岁老太太，动作迟缓，满脸皱纹，干净整洁，姿态僵硬，常常一副生气的模样。她紧紧地裹在一套收腹的黑色套装里，迈着细碎的步子。有可能是因为炎热，也可能是肿胀的关节让她走起路来一瘸一拐。她这种笨拙威严地摇摇摆摆走路的样子十分引人注目。

孩子们窃窃私语道：

“她看到我们了吧，你们觉得呢？”

“来吧，我们大声喊叫吓吓她！”

“别蠢了。她什么都不怕，也不怕任何人。倒是你自己会被吓住。”

“我不怕。”

“要是你干了啥让她不高兴的事，她就会把你宰了！像对其他人一样。”

“我才不怕呢，我跟你说……”

“她那几个丈夫，可是哪个都比你厉害比你强壮。”

“呸，我才不怕……”

他们小心地等玛丽·莫雷斯蒂埃走了过去，避免任何叱喝或恶意的玩笑。

二十年前，经过两场诉讼，法院判决玛丽·莫雷斯蒂埃无罪，并把她从预防性羁押的监狱里释放出来。在圣索尔兰，大多数村民视玛丽·莫雷斯蒂埃无辜，但孩子们不这么想，他们更愿意与杀人犯擦肩而过，这样能使他们的生活变得危险和刺激。而成年人认为玛丽·莫雷斯蒂埃无罪的原因不见得更理性：村民们拒绝与一个自由自在的杀人犯抬头不见低头见，同她打招呼，共享街道、商店和教堂。为了自身的安宁，他们更愿意相信她跟他们一样，是诚实的。

此地没人真正喜欢她，因为这个骄傲、保守、口才犀利的女人根本引不起人们对她的好感或亲近感，但大家又为她带给这个地区的名气而沾沾自喜。“圣索尔兰的下毒女人”“比热的恶魔”“比热圣索尔兰的梅萨莉娜[①]”，一连几个季度，这些吸引人眼球的标题出现在报纸、电台或电视头条上。媒体的喧嚣吸引了好奇的人们，即便人们认为这不太光彩，但圣索尔兰的名字出现在头条，这种突然的名声大噪引得驾车族们离开高速公路，来这里的乡村小客栈喝杯咖啡、在面包店买块面包、翻翻报纸，指望着能邂逅玛丽·莫雷斯蒂埃。那些看热闹的人惊讶于在一个如此美丽宁静、遍布山泉水池、在美丽的季节盛开的玫瑰或野蔷薇爬满石栏的小村子里，在一个静卧于游弋着鳟鱼和梭鱼的罗纳河支流边的小村子里，竟会隐藏着一个如此黑暗的灵魂。多么吊诡的广告！如果这片村落设有游客中心，他们应该找不到比玛丽·莫雷斯蒂埃更好的推广代言人了。确实，有一天村长有感于蜂拥而至的游客，不就头脑一热，去对玛丽·莫雷斯蒂埃宣称他是“她的头号粉丝”？不用说，那女人冰冷的眼神和敌视的沉默给村长泼了瓢冷水。

玛丽·莫雷斯蒂埃手挽柳条篮从乡村客栈前经过，不朝里看一眼，因为她知道在这些绿色小格子窗后，游客们正鼻子贴

---

① 罗马皇帝克劳狄乌斯的第三任妻子，以品行不端著称。——译者注，下同。

着玻璃窥视她。

“就是那个女杀人犯！”

“她看上去很高冷啊……”

“比一只马桶要高贵些！”

“你想想看那些为此丧命的男人！”

“她已经被洗清了……”

“只有脏了，才能被洗清，亲爱的！刚才在我穷追不舍的询问下，餐馆老板对我说无风不起浪……”

虽然说村民们宣告她无罪，但他们愿意让疑问继续流传，因为没了这一吸引，扫了游客的兴致，那是万万不可以的。所以别人还没央求，他们就悄悄告诉游客玛丽·莫雷斯蒂埃会经过的路径、她的日程安排、她的习惯、她在坡顶的房子。当人家问他们是否觉得她有罪时，他们谨慎地回一个：“谁知道呢？”

除此之外，他们并非是唯一在制造神秘感的人。电视上时不时会回顾一下玛丽·莫雷斯蒂埃的遭遇，特别指出含混不清的部分和其灰色地带。尽管记者们不得不搬出法律裁决结果——否则玛丽·莫雷斯蒂埃的律师会逼他们支付昂贵的罚金——但他们认为无罪的结论更多建立在缺乏有效证据的基础上，而没有真正证明无辜。

往南十米处，在地毯店店招下，玛丽·莫雷斯蒂埃停下脚步，看看她最恨的敌人是不是在。她看见了，雷蒙·普桑背对着橱窗，手捧一块织物的样品，正在对来此修理扶手椅的一对夫妇高谈阔论。

“这蠢货就像他手里填充椅背的填料器一样肥，像他用的鬃毛一样丑。”她心里想着，狠狠瞪了他一眼。她听不见他在说什么，但把自己的仇恨朝着他的颈部狠狠扔了过去。

“那个莫雷斯蒂埃？我的先生女士，这是法国庇护的未被惩罚的最大罪犯。有三次，她嫁了比她年长的有钱丈夫。三次，他们都在结婚几年后死去。运气不好，是不是？可三次，她都继承了遗产！噢，是的，为什么要改变这好习惯呢？就是这第三次婚姻，乔治·雅尔丹——我的一个老朋友——他的五个孩子的怀疑引发了一次调查。他们的父亲一向身体很好，而与这个女魔鬼结婚后不久，身体就每况愈下，卧床不起，而且死前两周，他还把他们从遗产继承人中剔除，让这个女人受益。这就太过分了！宪兵挖出她前两任丈夫的尸体，专家从中发现了可疑的砒霜痕迹，于是她被羁押等待审判。但无论对死者还是对钱来说，都太迟了。这快活的寡妇拿这么多钱去做了什么呢？都花在了她情人身上，一个叫鲁迪、约翰尼或埃迪这类美国式名字的人。哈，这一位相反，是个年轻人——不像前几个那样有钱，而是一文不名的帅小伙，比亚里茨的冲浪运动员。他挥霍她的钱用来买衣服、汽车，去赌场。十足吃软饭的家伙，一个蠢货，还不如一颗生蚝聪明。当然，我们也不用去抱怨他，至少他把她从别人那里偷来的东西又偷了去。你跟我说这是报应？才不是呢！她把这小白脸也干掉了。倒不是为了他的钱，而是他甩了她。人们后来再也没有见过他。那个莫雷斯蒂埃指天发誓说他跑到国外去了。在我看来，他的尸体正脚上绑着石块在海底发烂呢。唯一可能知道她罪行的人，是她的妹妹布朗什，一个脑筋比她姐姐简单得多的漂亮女子。玛丽·莫雷斯蒂埃长久以来一直保护着她，仿佛混蛋也能培养出真挚的感情，牛粪上也可开出鲜花。是的，可问题是她的妹妹也死了！就在她被预审期间。好吧，这次，没法怀疑她莫雷斯蒂埃，因为她妹妹翘辫子的时候，她正被预防性羁押。再说了，那是一次空难，一百三十二名旅客瞬间灰飞烟灭。完美的不在场证明……运气可真是好啊！又一次！仿佛恶棍们也有一个上帝！因为她那个妹妹脑子有点不好使，当人家询问她时，她的回答自相矛盾，一会儿是对她姐姐不利的证词，一会儿又是替她开脱，而自从她死了之后，那个莫雷斯蒂埃和她的律师就开始感觉松了口气，占据了主动，叙述事情时总能替这恶魔开脱。”

玛丽·莫雷斯蒂埃只看雷蒙·普桑越来越涨红的皮肤和手舞足蹈的动作，就猜到他是在谈论她。听得入迷的顾客没有注意到他们谈论的女人正站在他们前面，在那个满嘴诅咒她的“检察官”背后。

“她把妹妹的死利用到了极致，这女魔头！哭得像个泪人，颠来倒去说还好她妹妹是死于这次可怕的空难，否则人家肯定又要指控她，是她杀了妹妹。人家认为她专杀她爱的那些人，她的丈夫们，她的妹妹；还有人认为她是一桩找不到尸体的谋杀案的凶手，受害者是约翰尼或埃迪——类似摇滚乐手的名字——她的上一个情人，据她说这一位是为了逃避债务或一些麻烦缠身的生意移居到了国外。人们预判她有罪，因为不管怎样，别人需要她有罪。她的律师就是抓住这一条，并且有所斩获。化验分析表明，人们在这个地区的墓园使用一种含砷的除草剂，因此所有几年后重新挖出的尸体，都可认为是被下了毒，尤其是大量雨水之后。她和她的律师赢了那两场官司。注意了，我的女士先生，我说的是她和她的律师赢了，而不是司法和真相赢了。”

就在此时，这小商人感到脖颈后一阵刺痛。担心是被虫子咬了，他伸手去摸，然后转过身来。

玛丽·莫雷斯蒂埃正盯着他看。老头心跳急剧加速，几乎喘不过气来。

他们对视了几秒钟，她坚持着，他却慌乱不堪。一直以来，雷蒙·普桑只要靠近这个女人，就会感到一种强烈的情绪波动。从前他想象这是一种爱情，以至于去奉承她；现在他知道了，这是一种仇恨。

过了一分多钟，玛丽·莫雷斯蒂埃决定结束这种对峙，耸耸肩继续上路，仿佛什么都没发生过。

她背脊挺得笔直、僵硬，沿咖啡馆露天座走过去。她的突然出现打断了人们的谈话，她接着走进一家肉铺。

再一次，人们的谈话出现了冷场。她低调地排在其他顾客后面，而肉铺老板似乎遵循着某种心照不宣的约定，放下手中的活计表示他会首先接待她。

没人表示异议，他们不仅接受玛丽·莫雷斯蒂埃的这种特殊待遇，还都陷入了沉思。只要她出现，他们就痛苦地沉思，不敢在她面前聊天，也不敢对她说话。关于她的传说远远超越她本人，他们都等着她赶紧离开。

为什么人们忘不了她？为什么被判无辜的她成了一个传奇？为什么十年二十年后，人们还要重提她的旧案？

因为玛丽·莫雷斯蒂埃拥有这种能让公众浮想联翩最关键的暧昧性，这种双重性具有制造明星的功能：她的外表与她的行为有着强烈的反差。在日常生活中，一名嫁给比自己年长的有钱男人的护士通常是个漂亮女人，富有魅力，穿着性感，身材凹凸有致。而玛丽·莫雷斯蒂埃呢，即使在年轻时看上去也从没年轻过，枯瘦的身材，绝经前就一副绝经的样子，人高马大，一脸严肃，总是穿着高领衬衣，夸张的眼镜，结实难看的鞋子。本地新闻栏目的编辑笔下的男人杀手，外表却没一点女人味和性欲。这一副禁欲的面相与多次婚姻之间有着什么联系？或她和鲁迪，那个长头发、抽大烟、敞着衬衣露出古铜色胸肌的运动员情人的激情之间有着什么联系？另外一些反差是：对普通人来说，一个下毒者，尤其是惯犯，总会有些尖刻的相貌透露出邪恶、复仇、恶毒，而玛丽·莫雷斯蒂埃十分虔诚地表现着自己的宗教信仰，看上去更像是个一丝不苟的小学女教师，甚至是讲授教理书的教师。总之，不管人家如何评论她，她的表现一贯不相符：既不符合她的爱情，也不符合她的罪行。

“我没有理由排在这些女士先生之前。”玛丽·莫雷斯蒂埃谦卑地低声说道，仿佛人家是第一次给予她这种特权。

“我照着店里大伙的意愿行事，”肉铺老板镇定地答道，“这些先生、女士是同意的，对不对？”

顾客们点点头。

“那就给我来块牛肝，给我的猫来块牛肺。”

尽管如此，那些顾客听着她的购物单仿佛在听一张毒药配方。

玛丽·莫雷斯蒂埃仅仅缺乏一副人畜无害的外表吗？

只要你观察她一会儿，就会疑窦丛生……她的灰色瞳仁在光线下闪露出一种令人不安的坚硬。如果目光可以杀人，在庭审中她首先干掉的就是法官、公诉律师和不利证词的证人！她的应对无比犀利、不容置疑：她把某些人当作笨蛋、蠢货、自恋狂对待，把他们的证词撕得粉碎。而且这种情况下，她能抓住要害，表现得尤其出色。被她粉碎的那些东西很难再拼凑完整，她横扫之处，寸草不生。这个女人不显山露水的出色才智，令她更显狠毒。无论她采取怎样的姿态，都会让人感觉不安。有罪？她严肃的面容显得不够邪恶；无辜？她脸上又缺少足够的柔和；出卖肉体给那些糟老头？不会，那也得有一个撩拨人欲望的身体，或至少有点性感；真诚地爱那些衰老的丈夫？人们看不到她身上有什么爱心。

老妇人接过老板递给她的两个纸包。

“谢谢，马里于斯。”

肉铺老板哆嗦了一下，收银台后面他老婆打了个嗝。名字被从玛丽·莫雷斯蒂埃嘴里直接叫出来，是件让人名誉受损的事。除了家人和朋友，很少有人会用伊西多尔先生洗礼时的名字来称呼他，因为他不是那种轻易与人接近的人。被这么叫了一下，他仿佛挨了一记，他老婆则咬紧牙关一声不吭地把零钱找给玛丽·莫雷斯蒂埃。夫妇俩回头再算账。

玛丽·莫雷斯蒂埃走出店铺时祝福所有人今天愉快。人群发出一点仓促含混的低语，算是回应她的礼貌。

人行道上，她迎面碰上了伊薇特和她的小婴儿。她没有向母亲打招呼，而是凑近孩子：

“你好呀，我的小亲亲。你叫什么名字？”她用甜甜的声音问道。

孩子四个月大，当然不会回答。伊薇特替他回答道：

“马塞洛。”

玛丽继续对大人视而不见，只朝着小婴儿微笑，仿佛是他在对她说话似的。

“马塞洛？多漂亮的名字……比马塞尔优雅多了。”

“我也这么觉得。”伊薇特满意地附和道。

“你有几个兄弟姐妹呢？”

“两个姐姐，三个哥哥。”

“你是第六个？真不错，这是个好数字。”

“哦，是吗？”伊薇特有些意外地说道。

玛丽没有回答她的问题，继续对着孩子说话：

“为什么是马塞洛呢？因为你爸爸是意大利人？”

做母亲的涨红了脸。村里人都知道伊薇特随便跟什么人都睡觉，应该根本不知道这孩子的父亲到底是谁，以前的几个也如此。

她终于转向伊薇特，朝她投去一个大大的笑容，转身走进“金色烤饼”面包店。面包店里的人听到了刚才的交谈，感觉浑身不自在。

玛丽·莫雷斯蒂埃刚才的态度算是友好还是刻薄？很难界定。当玛丽·莫雷斯蒂埃对某样事物发表见解，人们不会认为她是真诚的，而是觉得她是装出来的。尽管她通过动作或词语表达，但她呈现的就是一种掌控：控制最细微的眨眼，用精湛的技艺把握音调。她似乎是在制造她的同情、愤怒、哭泣、沉默、激动。她是个令人着迷的演员，因为人们看得出她在表演。在她身上，演技并不为了给人发乎自然的幻觉而被掩盖起来，相反，演技就是用来强调人为的特性。玛丽·莫雷斯蒂埃从不放弃演戏，并对此有清醒的认识。有人认为这是她心虚的体现，也有人认为这是为了表达她的尊严。

“给我半根长法棍！”

除了玛丽·莫雷斯蒂埃，再也没人买半根面包。如果有人斗胆这么做，恼火的年轻店主肯定会把那吝啬鬼撵走。但是那一天，当他试着向玛丽·莫雷斯蒂埃解释说他要么卖一整根面包，要么什么都不卖时，玛丽回答他说：

“很好。您能做出三个小时内不会变硬的面包后，请通知我，我会每两天买一整根。在此期间，我只买半根。”

她在等着找零钱，有个女游客终于忍不住喊道：

“女士，您能否在我的笔记本上签个名？”

玛丽皱皱眉头，似乎马上要发火。但她清晰地一字一顿道：

“当然可以。”

“哦，谢谢，女士，太感谢了！您知道我是多么崇拜您。我看过有关您的所有电视节目。”

玛丽朝那女人看了一眼，那目光就是在说“可怜的蠢货”。她签上自己的名字，把本子还给那女人，随后走出面包店。

玛丽·莫雷斯蒂埃对这种经久不衰的知名度作何感受？虽

说她刻意给人她在承受重压的印象，但人们可以从一些细节上猜测她也乐在其中：作为著名人物，在节日婚宴等场合，她理所当然地端坐于贵宾席。当有媒体想采访或拍摄她，她会立刻与自己的律师联系，谈个好价钱。去年冬天，一场重感冒让她卧床不起。村里怕失去她这棵摇钱树的村民络绎不绝来她家打探消息，让她暗暗窃喜。今年夏天，有个酷暑天的下午，她路过一家咖啡馆要杯柠檬水喝，带的钱不够。她没有向老板表示歉意，而是说："凭我给你们带来这么多钱，你就应该请我喝一杯。"

仿佛承受身体的重压，她有些弓着背，缓缓走向通往她住处的上坡道。随着时间推移，她越来越顺手地披上受害人的外衣，从此巧妙维持着司法错误的受害者的形象。当然啦，最初她也犯过些错误：一本发行量很大的杂志，刊登了她被释放后在自家花园里微笑、快乐、无忧无虑的模样，正在爱抚她的猫或采摘玫瑰花。这造成了灾难性的后果：这种令人惊讶的轻松愉快，让她看上去一点不像个寡妇（实际上她就是），也不像被几年不公正的羁押所蹂躏的女人（她被认为应该如此）。这篇报道一出炉，充满仇恨的文章如雪片般飞来，提出疑问，追问隐秘的那部分，试图重新唤起她有罪的论断。这之后，她就采取了低调谦卑的姿态，保持如受伤大鸟般的形象，再也没有改变过。

她沿着贯穿小村的路拾级而上。在一片片屋顶和光秃秃的树梢上方，是山坡上的葡萄树，以一种让人难受的单调划一铺展，了无生气，就像竖着一排排篱笆。在这三月的天气里，只有七扭八弯的枝干与铁丝缠在一起。

经过教堂门口时，她一个战栗。一阵颂歌从里面传出，什么？会不会是……

玛丽顾不得她的关节炎和长了老茧的双脚，尽可能快地朝台阶奔去，推开吱嘎作响的大门，被眼前的一幕惊呆了，任凭音乐的波涛将自己包围，仿佛有一股醉人的香气轻抚她、穿透她。

一位年轻神父正在弹奏风琴。

他有一种异乎寻常的纯净之美，独坐在教堂中殿，皮肤白净得像扑了一层粉，双唇让人想亲吻。被一道从彩绘玻璃窗投到双肩的金色光芒所笼罩，他浑身发亮，比祭坛更耀眼，比十字架上的基督更吸引人。美妙的声音盘旋着升到穹顶，他成为整座教堂的中心。她被他抚摸琴键的白净双手深深迷住，带着一种人们只有在幻象面前才有的激动，凝视着他，直到门外响起轻便摩托的噼啪声，他们的注意力才转到了门口。

发现有来访者，神父停下弹奏，站起来打招呼。

玛丽·莫雷斯蒂埃差点站立不稳。神父瘦削身材，个子出奇地高，脸上稚气未脱。他看着她的时候两眼放光，仿佛一位情郎找到了自己的心上人，就差张开双臂欢迎她了。

“早上好，我的孩子。我非常高兴被派到这里，到圣索尔兰。我刚从修道院毕业，这是我的第一个教区，能来到一个如此美丽的村庄，我是不是很幸运呀？”

玛丽被他天鹅绒般深沉的嗓音扰乱了心神，结结巴巴道是小村的人们应该感到幸运。

他敏捷地跨前一步。

“我是神父加百列。”

她有些颤抖，天使的名字①从他低沉的嗓音中发出。

“我有幸交谈的是？”他问道，有些惊讶于她没作自我介绍。

“玛丽……”

她迟疑着要不要告知自己的姓氏，她担心自己被媒体犯罪栏目连篇累牍报道过的名字会让这张脸陷入忧伤，会让这孩子般的笑容失色。但她还是冒险答道：

“玛丽·莫雷斯蒂埃。”

---

① 加百列，《圣经》中所记载的大天使长。

“很高兴认识您，玛丽·莫雷斯蒂埃。”她的呼吸凝固了，她注意到他在听到她身份时并未后退一步——既不惊愕，也无责难——太出乎意料了，从未有过……。他自然地与她对话，不加评判，也没有把她纳入怪物之列。

“您时常来教堂吗？玛丽。”

“我每天来教堂。”

“您的信仰从来没有遭遇过危机？”

“上帝不会忍受我的任性。如果我配不上他的高度，他会当面将我开除。”

她本来想表达一种谦卑的想法，但意识到自己下了一个极其自负的论断，将自己放到与上帝相同的高度！还得到了上帝召唤！加百列神父愣了一秒，终于抓到她这番话语的意思。

“信仰是一种恩赐！”

“完全正确！当我们的信仰发生动摇时，上帝会在我们的屁股上踢一脚，让我们重新相信。”

她对自己的话吃了一惊。“在屁股上踢一脚”！为什么她要用这么个古怪的表达？他会怎么想她？她就像个士兵操练时那样大声叫嚷，放肆、冲动。她是否有必要在一个如此温柔的人面前装得像男人一样？她有些困惑，垂下眼睛，打算接受自己的错误。

“那这样吧，我的孩子，我们七点钟在教堂见？”

她张大了嘴巴，随后点点头。“他原谅我了。”她心想，“多么了不起的人！”

第二天她第一个到教堂，参加寒冷早晨的弥撒。

当加百列神父身着洁白的教士长袍外披绿色缎带从圣器室出来时，她有片刻的眩晕：他如她记忆中的一样新鲜迷人。她跟他一起排好祷告位，拿走摇晃的椅子，摆弄好花束，放好祈祷书，仿佛他们一起在准备一场迎接朋友的招待会。

村里的教徒们陆续到来，平均年龄得有八十岁，黑衣白头，聚集在教堂门口，迟疑着要不要走上前去。倒不是他们对继任者有什么敌意，而是通过他们的有所保留以表达对前任神父的认可。

加百列神父仿佛看穿了他们的心思，走到他们跟前自我介绍，寻找恰当的词语怀念那位百岁高龄去世的前神父，然后鼓励他们坐到邻近祭台的长椅上。

当他登上祭坛时，一直被玛丽称为“老母山羊”（她想不出其他叫法）的薇拉·韦尔内在她上唇浓重的汗毛下嘟囔道：

“这也太不靠谱了，主教府在糊弄我们，他太年轻了，人家给我们派了个神学院学生！”

玛丽没说话，微笑着，感觉就像第一次参加弥撒。加百列神父用他的热情，用他投入说出的每一个字、做出的每一个动作，重新诠释了基督教弥撒。他颤抖着诵读福音书，闭上眼睛深深沉醉于祈祷，仿佛他的灵魂得救取决于此。他主持这场仪式的方式让人感觉这是出于迫切的需要而不是例行公事。

玛丽·莫雷斯蒂埃看着周围可敬的教区居民，他们看上去被发生的一切搞懵了，仿佛不是坐在教堂的长凳上，而是坐在飞机座位上正穿越一堵声音的墙。不过他们还是被神父的热情所感染，渐渐地，把对宗教的冷淡视作有伤名节的事。他们起身、坐下、无怨言地下跪，虐待着嘎嘎作响的关节。他们扯着嗓子唱颂诗，让每个字掷地有声、每句话充满意义地诵读主祷文。半个小时后，人们不知道到底是谁吸引了谁——神父吸引了教徒还是教徒吸引了神父——所有人竞相表现着他们的热忱，甚至连母山羊薇拉·韦尔内也表现出一脸受启示的模样去领圣体饼。

“明天见，我父。”玛丽走下教堂台阶时喃喃道。

她颤抖了一下。多么美妙——对一个如此年轻的人说“我父”，而自己已如此衰老！

从教堂出来，玛丽脸上挂着往日藏在家里的喜悦微笑。她很高兴神父的到来，感到一种离奇的自豪感，加百列神父的胜利仿佛也是她的胜利。

加百列神父没用多久就征服了这座村子。几天之内，他出现在街头、咖啡馆，出现于他在本堂神父住所开设的扫盲班和教理课上。他巩固了他的良好开端，讨人喜欢，征服人心。很快，他的教堂还吸引了其他教区的教友。圣索尔兰非常幸运拥有这样一位神父。甚至连不信教的人也认为他十分出色。

玛丽听着人们越来越多的议论就如一位母亲听到别人赞美自己的儿子。“哈，终于，他们花了好长时间才明白我一开始就看到的事。”

她可能自己都没有意识到，在与神父接触后，她变了。当然，她的作息时间、她刻板的习惯没有变动，但被注入了不同寻常的情感。

早上六点铃响，她从床上一跃而起，心想加百列也同时醒来。当她赤裸身子在盥洗台的镜子前擦洗身体时，她想象他也光着身子在漱洗，为他们接下来的见面做准备。当她气喘吁吁跨过教堂门槛时，她来到上帝的家同样也来到加百列的家。前神父在的那些年，圣索尔兰教堂的上帝给人的感觉就如屠宰场的尸体，散发着隐隐的、令人作呕的腐败味。自从加百列接管后，这里有的只是百合花、乳香、蜜蜡的香气。玻璃窗是干净的，地面也是清洗过的，祭台的桌布是熨烫过的。总之人们觉得上帝与这个年轻人像是在一幢漂亮的别墅里好好过起了日子。当加百列推开圣器储藏室的门，在绿色丝绸披巾的映衬下神采奕奕地对大家说“早上好，我的孩子们，我很高兴见到你们”时，她把这句话占为己有。她服从他的命令：“跪下”“起立”“唱诗”“祈祷”，她服从这个男人就如服从礼拜仪式一样，她虔诚地吞下他所有的话，这与她之前的表现多么大相径庭。那时神父长篇说教时，她就在心里默念为纪念小镇死去的名人而在沿路大理石碑上所刻的名字和日期！多亏了加百列，福音奇妙的力量对她展现出来，因为他不仅以独特的方式讲述福音，她还在他身上看到了耶稣的角色：英俊、虚弱、被自己对于男人女人的爱所吞噬。常常，她将自己代入抹大拉的马利亚的角色。面对耶稣–加百列，她因柔情而颤抖，给他食物，清洗他的双脚，用披散的头发擦干它们。那些神圣的叙述富含了意义，因为它们获得了血肉。

不过，她难以忍受看到那些平常不去教堂的人一到星期天也蜂拥而至。有天早上，她单独与神父在一起时，感觉有必要揭露这一点。

“您知道吗，我父，迪布勒伊一家、莫兰一家、德普赖里一家、伊西多尔一家，他们以前从不来做弥撒的。”

“那最好了，何时开始都不算晚。您还记得主对最后来的那工人的教诲吗？”

“我在想耶稣有没有想过，当那些第一时间跟随他的工人发现他对后来者的慷慨后，心里会怎么想？”

“耶稣想过这问题：他知道最早的那些信徒可以从容地发展他们自身的仁慈。”

她没有听出这个回答的目的是为了激发她表露更多善意，她用抱怨的口吻总结道：

“唔，还有这些游客，他们是为了看新奇才来做弥撒。‘新扫帚才扫得好’，我奶奶曾经说过。”

“如果他们出于好奇而来，那就靠我来留住他们，我的孩子。希望我可以做到。”

她注视着他，热情、卓越、无半点狭隘之心。她脸红了，很为自己的悲观不好意思，便真诚地宣布说：

"您一定会成功的，我父。您会把他们变成忠实的信徒，我毫不怀疑。"

实际上她所期待的是能得到特别的优待；她可以忍受神父照应所有人，引导对话，甚至出现奇迹，只要他对她保留着特殊的关注。她从来没有想到过用"嫉妒"这个简单的词汇来定义她的这种复杂感情。

她可不认为伊薇特频繁闯入教堂是什么好事。

伊薇特，那就是一双大腿。如果说对有些女人，人们首先关注到的是她们的眼睛、嘴巴或脸部，那伊薇特提供的就是她那双腿。和她聊天时，人家不得不强迫自己专注于她的脸部，但稍不留意，目光就会滑向她的双腿。两根肉柱，温热的，乳白色的，皮肤细腻得让人忍不住想摸一下，用手去证实那种温润感。不管她穿什么衣服，抢眼的总是她那双腿。在她身上，短式连衣裙给人感觉就是为了让人看见她的大腿才剪裁得那么短；喇叭裙撑开就是为了安置大腿；短裤就如装腿的匣子；即便是长裤，也变成了大腿的模子。玛丽坚定地认为伊薇特已被概括为一双大腿，当后者对她说话时，她并不是在回答嫁接在两条腿之上的那个女人。

另外，还需要指出的一点是，伊薇特是这个村子里的婊子，偶尔卖淫的妓女。当她月底没钱花的时候——就是说每个月底——有六个孩子要养活的她就出卖自己的身体给男人。而且这就是她的问题所在：所有人都把她看作婊子，所有人也都接受她是娼妓——因为需要有这样一个角色，玛丽的奶奶肯定会这么说——除了她自己。结果，只要她听到人家嚼舌头，或者看到一些色眯眯的眼神在她身上打转，她就会痛苦，露出受侮辱的神情，披上受伤的自尊，把承受着的最大凌辱挂在纽扣上，仿佛是殉道者的勋章。

玛丽觉得她很可笑，当看到这双淫秽的大腿在神父身边转来转去时，她很着急。

“肮脏的母猪！”

玛丽再也受不了看到年轻神父像对待其他人一样，对伊薇特微笑，同她握手，关切地接待她。

“可怜的人……他是那么单纯，竟还没看穿她的小把戏。不过他毕竟是个男人，她最后会达到目的的……”

因为对她来说毫无疑问，伊薇特就是想让神父栽跟头。

有一天下午，当她来更换祭台上的鲜花时，发现伊薇特叫嚷着从忏悔室突然蹿出来，光着大腿，眼含热泪，脸上泛着女人满足后的红晕。玛丽心想最糟糕的事发生了，差点想扑到她身上给她一巴掌。幸亏加百列神父也出来了，脸上神色平静、清醒、纯洁。玛丽看着那个慌里慌张的年轻女子摔门离开教堂，随后走向花儿枯萎的花瓶。

“神父刚刚拒绝了她，”玛丽心想，“就是因为这缘故，那双大腿才这么恼火。”

当她用刚刚采自自己花园的鲜花换下已经枯萎的百合时，她的心跳恢复了正常节奏。

神父有些忧伤地走近她。她看着他。他有些懊恼这令人忧心的场景正好被撞见，遂转过脸去。

玛丽决定抓住这私密的机会：

“伊薇特，她很漂亮，对吧？”

他有点吃惊，含混不清地回了句什么。

玛丽坚持道：

“不是？您不觉得她很漂亮？”

“我不以这样的方式来看我的信徒。”

他的声音是坚定的。神父的坦诚让玛丽放心了，尽管她的坏心情还持续着，就跟一锅煮沸的汤似的，火关小了，还会继续沸腾。

“我父，我猜您知道伊薇特是谁吧？”

“您想说什么？”

“她是这一带的妓女。她应该没向您隐瞒吧？”

“她什么都没向我隐瞒，她是个罪孽深重的人。要不您觉得为何我会在她身上花这么多时间？”

“您对她的罪孽感兴趣？”

“完全不是。我在这里不就是为了拯救那些陷于危机的灵魂？这在本质上是个悖论：我要对黑暗的灵魂比清澈的灵魂奉献更多。”

这句话让玛丽愣住了。原来如此？加百列神父付出更多心血给邪恶而不是给美德？她为什么没有早想到这一点？

“我父，您可以接受我的忏悔吗？”

他们走进那间上过蜡的木质小室。玛丽和年轻神父之间只隔着一层细细的栅栏，她感觉几乎可以触摸到他。

“您知道吗，我父，几年前我被控谋杀了好几个男人？”

“我知道，我的孩子。”

“人家硬说我毒死了三个丈夫，杀害了被认为是我情人的第四个人！”

“是的，我听说过您的不幸遭遇。我也知道人间的法律已还了您清白。”

“所以您就能理解我为何对人间法律不以为然。”

“我不清楚……”

“我只害怕上帝的法律。”

“您说得对。”

“因为，如果说面对人类，我现在是无罪的，面对上帝，我罪孽深重。”

“当然了，就像我们所有人。”

“是，但是在这件事上……”

她凑近他，低声道：

“我把他们杀了。”

“谁？”

“我那三个丈夫。”

“我的上帝！”

“还有鲁迪，我的情人。”

“不幸的女人……”

她带着一种邪恶的愉悦补充道：

“还有他的情妇，奥尔加，一个俄罗斯女人。这个，你会觉得很好笑，从来没有人指控过我，因为人们根本就没发现她的失踪。没有任何人为这只蟑螂遗憾。”

“耶稣，马利亚，约瑟，快点来帮帮我们！”

年轻神父画着十字，更多是一种乞求而不是出于神修——他被她刚才承认的罪行吓坏了。

玛丽有滋有味地品尝着她带来的惊吓。被忘到角落里去吧，伊薇特！玛丽将占据第一位！

这天，她向他叙述了她谋杀案中最早期的那一桩。为了不至于太吓到他，也为了不让他感到厌恶，她是把这次下毒当作一种同情行为来叙述的：她那可怜的丈夫遭受了那么多疾病的折磨，因此她的行为更像是一名护士而不是杀人犯。听上去，她不是谋杀了他，而是助他安乐死，她那可怜的拉乌尔。

年轻神父面无血色地听着她叙述，露出排斥和惊恐的神色。他离开时一言不发，只是在她身上画了个十字。

第二天早上七点晨祷时，她从他的黑眼圈猜测，他昨夜一定没睡好。

这种招供让她很得意，她占有了他，他在被单下辗转反侧想着她。因为她在她那儿做着同样的事，几乎可说是他们共度了长夜。

这天下午，她又回到她最初的罪行，对拉乌尔的谋杀。也不知为何，她本能地用一种更黑暗、更活灵活现的方式强调她对这个老男人的讨厌，强调他硬要抚摸她时她的憎恶。她一边像个受了淫荡老色鬼伤害的年轻女子那样抱怨，一边披露着她黑暗的心思、算计、犯罪的欲望。她详细描述花了九个月时间用砒霜进行的漫长下毒，以便让剂量足够致命但又不会被察觉；她叙述人死后她的释然，她在葬礼上扮演哀伤的未亡人，她收到房子和钱时候的快活，而且用不着看任何人的脸色。

每个白天她来教堂倾吐她的罪行，每个夜晚那年轻人被她的可怕叙述缠身，丧失好几小时的睡眠。

在叙述中，玛丽享受终于可以一吐为快的乐趣，可以暴露记忆，尤其是暴露那些出人意料的动机。因为如果说谋杀成立，她犯罪的理由从周一到周日却一直在变。哪一个是真实的？是周二、周三、周五或是周六的那个？都是。她酷爱这些细微的差别，而这么多年来她不得不坚持“无罪”的那个叙述版本，现在开发“有罪”的叙述版本可让她抓住自己行为中的复杂性，发掘她的动机的五彩斑斓。玛丽醉心于将自我揭露得如此丰富、多样、深刻……这给她增添了一种新的才能：她不仅可以操控她那些男人的生杀大权，而且她现在可以对她行为的真相行使权力。搜寻、解释、核实，打破那些陈词滥调，她是她自己的小说家。

她在年轻神父身上建立了自己的帝国。他失眠，无法再对其他话题感兴趣，他期待同时又惧怕他们在忏悔室的相见。他的清澈逐渐浑浊，可以说玛丽把他带入了她的宇宙、她的年纪、她的疲惫、她的丑陋……当然，她是意识不到这一点的，像从前一样继续去见神父。

最让神父经受考验的是她讲述对她的冲浪手情人鲁迪犯下的罪孽。那是她一生中唯一一次肉欲上的激情，一种突如其来的蓬勃旺盛的激情。在他之前，玛丽对性并不感兴趣。她惊讶于自己会从早到晚想念一个男人，一开始她以为是出于爱情爱他，后来意识到自己喜欢的是他的抚摸、他的身体贴着她、他金色的毛发、他的气息。鲁迪身上有一种挑逗人、吸引人、撩拨人的本事，他懂得在他周围营造一种性感暧昧的氛围。只要他在，这种氛围就如此强烈，他一走就令人气恼。对加百列讲述一个她热烈渴望的男人让她生出一种尴尬的炽烈的兴奋，往事感染了当下。她从忏悔室出来时几乎被想要亲吻那年轻男子的欲望吞没，想要扯下他的长袍，用手指去触摸他的肌肤。她对加百列的欲望又提升了一档。

自从灿烂的春天到来，他们每天在狭窄忏悔室的私密谈话越来越让人窒息。双方分手时都有筋疲力尽、失血过多之感，但又重新积聚力量准备下一次相见。

她向他描述那些大胆的、出人意料的、犯禁的精致细节——能让加百列震惊让她有一种几近淫荡的快感，让他不再麻木，仿佛他们就在床上。她刻意强调她淹死情人时的粗暴，那种原始的冲动。应该说鲁迪那天确实喝得烂醉如泥，已没有足够力气和神智在浴缸里做出抵抗。随后她又很冷血地描述自己如何雄辩地掩盖掉自己的罪行。她最喜欢讲述她和妹妹布朗什是如何把尸体卷在地毯里扔到一辆偷来的汽车里，然后开了七百公里，晚上借宿在布列塔尼的一间小屋。尸体被绑上了石块，沉到黑色的水中。第二天早上她们彻底清洗了汽车，随后把汽车与车钥匙一起丢弃在一个小混混们经常出没的停车场，好让他们留下他们的指纹。这一切发生在远离圣索尔兰的地方，在比亚里茨，她用从前三位丈夫处继承来的钱财在那里租了一座房子。

她生平第一次透露了有关奥尔加的那一幕，后者是鲁迪在勾搭年长女人间隙的固定情人。奥尔加为她男友的失踪担忧，闯到玛丽家里叫嚷着她怀疑玛丽杀害了冲浪手，她要到警察局去报案。玛丽一点没流露出激动和慌乱，一口咬定鲁迪是逃到国外去了，还托付她把一笔钱转交给奥尔加。隐隐约约的利诱使得谎言变得可信，拖住了俄罗斯女人去警察局的脚步。玛丽与她约定晚上在此地一个年轻人经常出入的酒吧露台上见面。她在那递给她一个装了几张钞票的信封，并在年轻女人的鸡尾酒杯子里偷偷放了点毒药，答应剩下的钱第二天早上给她，然后就把她留在那些花天酒地的人中间。

尽管媒体和当局从来没有提及奥尔加的失踪，但玛丽认定年轻女人已经死了，因为那俄罗斯女人再也没来要剩下的那笔钱。

当听到她讲述谋杀、失序社会、胁迫、收买时，加百列几乎到了崩溃的边缘。但玛丽却很享受他的这种慌乱，她感觉这激发了他真正的存在，存在于世界本来的样子：暴力，充满敌意。

自此，伊薇特尽管在她的角落哭泣吧，她稍想接近神父，加百列就会把她推开，说等他稍有时间时再接待她。他尽可能快地打发走其他来忏悔的教徒。尽管他还在一丝不苟地维持着祭礼，但他不再自由，完全被这下毒女人的供词占据，被她的谋杀萦绕。玛丽·莫雷斯蒂埃赢了，她掌控了他，掌控了整个村子。

她很得意他握有她的秘密，酷爱看到他在涉及有关她的话题时对人撒谎，反驳那些乖戾的老太婆，后者用她们难听的公鸭嗓门惊讶他在她身上花了这么多时间。

“您不会告诉我们说她是清白的吧，神父先生？否则的话，为什么她要在您的忏悔室安营扎寨？”

“这是一个受到可怕不公正对待的痛苦灵魂，就如此刻你们正在进行的糟糕指控，我的孩子，这没有一点善意。”

比成为她的知情人更妙的是，他还成了她的同谋。他们不但分享了事实真相，还分享了罪行，他们是不是在共同犯一桩罪呢？

她为这样的串通而陶醉。

经过五周的忏悔，她发现自己已经彻底和盘托出，她又追加了两次庭审中她的一些卑劣行径。她很清楚自己已打完了最后的子弹，很快将没有弹药了。

她很担心这将敲响她至高无上地位的丧钟。

这个周三，年轻神父向他的信徒们宣布第二天及再后一天，他将缺席两天。就这样，没有更多说明，非常突然！对她，他也没有更多吐露。

发生了什么？

他是要开溜了，因为她再也不能满足他深受震动的好奇心？可她无法凭空编造出更多罪行呀！为了留住他，她是不是需要说谎，把自己变成山鲁佐德[1]？

没有加百列的漫长时日，她简直没法过。她很痛苦。什么！在一位神父面前赤裸呈现自己，最终换来的是这样的结果？他的沉默，他的逃离……看来，加百列并不比其他人更好。

疲惫、厌倦、抑郁，周五晚上七点，她发现脚踝长出些湿疹斑块。为了惩罚自己对他的期待，她把双脚搁到矮凳上，一直抓挠到出血。屋子里充斥着阴郁的气息，弥漫着油漆布的气味。她无法将注意力集中到任何其他事物上，既无法集中于窗口生锈的马蹄铁上，也集中不到邮递员送的挂历上，更看不进报纸上的小广告。

八点钟，有人敲门。

是他。

她高兴得飘了起来。他走，是为了首先回到她身边。她藏起双腿，请他进来，给他递吃的递喝的。他神色凝重地拒绝了，并一直站着。

“玛丽，我一直在想您给我讲述的那些可怕实情。我是那些

① 《一千零一夜》里，给国王讲故事的那位女主角。

实情的保管者，一位缄默的保管者，因为我永远都不会出卖忏悔中的秘密，所以我离开了两天来好好思考。我咨询了我的主教以及神学院指导我的神父。没有说您的名字，但我提及了您的情况，想知道我该如何处置。我做了一个决定，这个决定涉及我们两个人。”

郑重其事得仿佛在求婚，他紧紧抓住她的手腕。她颤抖了。

“您向上帝坦诚了您的罪孽。”

他握紧了手指。

“现在，您应该向人类承认您的罪行。”

玛丽抽出手，后退一步。

他坚持道：

“您必须，玛丽！您必须为您的罪过担责。这样有利于公平正义，也对得起受害者家人。对得起事实真相。”

“我对事实真相不屑一顾。”

“不，真相对您很重要，因为您已对我说出。”

“对您说，只对您！不对任何其他人！”

她惊恐地发现他完全没有明白。她不是为真相服务，而是让真相为她服务！她利用真相只是为了捕获他、诱惑他。与他认为的相反，她并不是在对上帝述说，而是对他，只对他述说。

他摇摇头。

“我要您也从人类的目光中解脱出来。回去找法官，向他坦白一切。”

“坦白？绝不可能！我抗争了这么多年可不是为了这个！很显然不是您打了两场官司……我赢了，您明白吗？我赢了。”

“赢了什么，玛丽？”

“我的荣誉，我的名声。”

“一种假的荣誉……一种假的名声……”

“在这方面，表象才是最重要的。”

“然而您的荣誉和您的名声，您早已将它们献出。您是带着重负来向我报到的。”

“对您，是的。只对您一个人。”

“对上帝也是。”

“是……”

“而上帝和我一样，接受您原来的样子；上帝和我一样，继续爱着您。”

“哦，是吗？……”

他重新抓起她的手，在自己温暖柔和的双手中搓揉。

“说出真相，玛丽。对所有人说出真相，我会帮助您的，我会支撑您。从今往后，这就是我的目标，我到这个村子来就是为了这个，为了您。您是我存在的理由，我祷告的理由，我信仰的理由。玛丽，您就是我的使命。我要感化您，唤醒您身上那个了不起的信徒。用我的信仰之火点燃您的信仰，我们同心协力，一定能成功。请您为了我这么做，为了自己这么做，也为上帝这么做。”

玛丽用一种崭新的目光注视着他。他的使命？她没有听错？她是他的使命？

当她露出微笑，他想他马上就要说服她了。

紧接着的夏天的这几个月，是她一生中最幸福的日子。加百列再也不离开她。他起床就是为了见她，他打开教堂门就是为了迎接她进来，他匆匆结束就餐就是为了尽快见到她。他每天下午听她忏悔，然后在他的本堂神父住处、在她家的客厅，滔滔不绝，长篇大论，灵感迸发，激情四溢。

玛丽对这份特权有一种肉欲般的快感：她把加百列从别人手中夺了过来，她赢了！又一次赢了！而他，可以用尽他的词语、微笑、温柔的动作、美妙的证据，她就是不服从他，白费劲，因为是他在服从她。

然而她的自满让她忽略了神父身上信仰的力量。

她没有看到的陷阱是，神父通过不断坚持，渐渐把她引入交流和探讨的领域。从七月开始，为了不显得掉队，她鼓起勇气回答他，开始在思想领域冒险。而在这个领域，他可是比她准备充分。渐渐地，在她还未真正意识到的情况下，在她还以为正在抵抗他之际，他影响着她，改变着她，为她的思考打下新基础，让她对那些迄今她还很陌生的观念熟悉起来。

她说起上帝时已经不再像从前那样。

从前，上帝属于她武器库中的一种，她说“上帝”就如别人扣动卡宾枪的扳机；当她大声说“上帝”时，她得到的毋庸置疑是沉默，她驱赶潜入者，她在自己周围制造真空。有时如果有必要坚持、争辩些什么，她会混杂无序地扯出福音书和教堂神父，连珠炮似的反击对手，把他们推得更远，伤害他们或者碾压他们。她瞄准得稳准狠，利用上帝一次次去洗刷名声和忍耐人们对她提起的诉讼。

现在她再看上帝已不再是个可怕的有报复心的上帝，而像一股温柔的喷泉。加百列喜欢说“慈爱的上帝”而不是“上帝”，当他喃喃说出造物主名字时，给人的感觉是他正在提及生命之源泉，最甘醇的美酒，乃至解除一切痛苦之良方。在他身边，玛丽萌生出一种全新的神学观，为了慈爱的上帝，为了一位关怀人的、宽宏大量的，像加百列那样身高一米九五，长着他模样的耶稣，她放弃了自己原来的主张。

在他之前，她强加给自己一种狭隘的、重复的、因为无聊而可靠的虔诚。而从今往后，她为祷告、说教、布道的内容着迷，有时晚上还会读读福音书。

实际上，她没有意识到他让她有了切实的提升。如果说最初的动因是出于性，现在则已经变成灵性层面。玛丽有心向善，被关于宽恕的那些故事感动。当他给她讲那些圣人的事迹，尤其是圣妇丽达[①]的故事时，她听得如痴如醉。关于这个人物，他在神学院专门做过研究并写了一篇论文。

“无望之业的守护圣人？所以也是我的守护圣人。”她躺下时心想。

他们花很多时间一起奋斗，对他来说，筋疲力尽；对她来说，兴致勃勃。

她以为一如既往是她控制着局势，其实是他在拓展权力。他在场时，她颤抖。

① Sainte-Rita，中世纪出生于意大利的一位圣妇，代表希望。

"掀翻我吧"，在每个句子后面，她似乎都在这么对他说，把我变成你想要的样子！

第一次，她体会到了顺从的快感。因为即便那年轻人没在生理上进入她体内，他在精神上已经占有了她。被他摆布时，她感觉到一种性虐般的极度快感。而这个正在受虐的造物，有生以来，一直扮演着冷酷和强硬的女人。她终于发现她真正的本质：奴隶。她在离开自己的同时重塑了自己。掌控一切的执念让位给了放下，带着快感、迷醉、归顺，她成为加百列手中和精神上的一件物品。

有一天，因为她耗尽了他的耐心，他涨红了脸，恼怒地用手指着她说：

"您就是个魔鬼，但我要把您变成天使。"

这一天，她感受到一种来自身体最深处的战栗，从大腿根部直到头顶。每当她回想起这一幕时，夜里都会重复出现类似性高潮的感觉。

从那以后，她放下了防御。她像他一样去思考，像他一样去感受，像他一样去呼吸。

"您和我，我们被至善附体。"他宣布道。

尽管她心里想的是："与您在一起，我追随至善还是追随邪恶都一样。因为是您附体了我。”但她没有辩解。

她还在抵抗，但并未完全意识到这一点。晚上独自一人时，她进入到那种欣快状态，对自己重复道：是的，她要对人类承认她的罪行；是的，她要为公正牺牲自己的舒适。但每到早晨，她的勇气就又变弱了。

“如果我接受，您会到监狱来看我吗？”

“每天，玛丽，每天去看您。如果我能成功说服您，我们将永远联系在一起，不但在人类面前，更是在上帝面前。”

一种婚约，从某种意义上说……对，毫无疑问，他在向她求婚。

她越来越经常想象她对着电视、对着记者、对着警察、对着法官，向全世界评说着他们的结合。“是他，加百列神父说服我坦白一切。没有他，我将继续否认我的谋杀；没有他，我将带着真相进入坟墓。加百列不仅让我相信上帝，也让我相信人类。”在她的想象里，素来寡言的她变得侃侃而谈，滔滔不绝讲述着这个年轻人带给她的改变。她希望人家把他们俩都拍到照片里，可能是在审判庭，可能是在监狱接待室。

当然，有时她也会意识到他们之间的状态是不平等的：他是自由的，她在监狱。但当你是神父，你真的自由吗？不。当你所爱的人每天来看望你时，你会绝望吗？不会。爱不就是要优先考虑对方吗？

“牺牲是衡量所有爱的标尺。”

这是加百列在一次布道时抛出的话。玛丽立刻明白他这是针对她，她决定要实践这种道德准则。她要自我牺牲！为了让全世界知道加百列是一位了不起的神父，她会招供；为了让全世界知道这位年轻人对她拥有的权力，她将拥抱惩罚；为了让全世界记得他们就如记得一对非同寻常的夫妇，她将承担起这份忏悔。她无法为加百列生孩子，她将用带给他的荣耀来代替。她要为他制造一场媒体上的巨大成功、一桩司法上的丑闻，将他载入史册。人们将长久谈论他们双重的出色：她，庭审时曾经那么无懈可击地骗过了法律；他，在一个十恶不赦的罪人身上留下了他的心灵印记。没有他，玛丽仍将不可救药，徒然无望。感谢，圣丽达，启示者。当世俗故事与圣人事迹相遇……毫不逊色。再说了，谁知道呢？也许这能让加百列一路升迁到罗马？

极度兴奋的她，做着一个又一个热烈的梦。

经历了这个饱受折磨又充满激情的不可思议的夏季，秋天来临前夕，她起床，感觉自己有所不同。

这天上午，她去做弥撒，沉默而专注。做完仪式回到家里，她一口饭也吃不下，猫咪直接享用了她的牛排。

下午两点，她去本堂神父住所向加百列宣布她会认罪。

“我发誓，我父，对上帝和您发誓。”

他搂住她，紧紧抱在怀中。她想哭，好让自己贴着这颀长温暖的身体多待一会儿。可是没办法，她只是打了一个响亮的嗝，很可笑。

他祝贺她，第一百次重复他为她感到自豪，为她的信仰，为她走过的道路。然后他邀请她在他身边跪下，一起感谢上帝。

当他们一句句完成仪式时，玛丽一阵恍惚，她所做的决定让她眩晕、激动。激动可以如此贴近他，肩碰着肩，在亲密的动作中被他皮肤和头发的气息包围。她心想从此以后在监狱里，他会像此刻一般每天来与她一起祷告，她将十分幸福。

离开他后，她爬到小村的最高处，从山顶的葡萄园平静地俯视着圣索尔兰，这将是她最后一个自由之夜。淡紫色的晚霞渐渐变成深紫，将忧郁的色彩涂抹于大地。猫儿爬到屋脊的瓦片上，静观落日。十来只猫排成一排，在即将逝去的天空下，像一幅中国剪纸。

这一周，她将会去布雷斯布尔格面见负责她的诉讼案卷的法官，他当时还是个年轻人。他恨她，因为她的宣告无罪妨碍了他的升迁，本来把一个下毒的女人绳之以法是他升迁的最好砝码。毫无疑问他会立刻接待她。

这里那里零星的灯光照亮一面屋顶，一间房间，一处街角。她身后一只拉布拉多犬在一把悬吊式座椅下舔舐着狗宝宝。周围的椴树花让花园弥漫着一股淡淡的药茶的气味。“村民们，明天你们将在一座更加出名的村庄里醒来，玛丽·莫雷斯蒂埃的村庄，那个女魔鬼变成了天使；那个嘲弄了所有人的杀手没有嘲弄上帝。她从一个梅萨莉娜开始，以圣女终结。”玛丽感觉自己具有了感染力，给别人带去安慰，带去光明。这份光明是她从加百列那里所得。“女士们先生们，我遇到了一位不可思议的神父，这不是一个凡人，是一位天使。没有他，我不可能在这里，在你们面前。”她将可以向全世界讲述他，讲述他们亲密的关系。多么美妙的未来啊……

她凝望着星空，祈求上帝赐予她勇气和顺从，或者说是顺从的勇气。她等到天全黑了才回家。

当她把钥匙插进门锁转动时，邻居打开百叶窗对她喊道：

“神父在找您，他来了两次。”

“哦，是吗？谢谢您告诉我。我这就去本堂神父住所。”

“我想您找不到他了，刚才一辆汽车把他带走了。”

一辆汽车？神父不但不开车，他也没有汽车呀。

玛丽来到神父住处，拉着的窗帘后面，没有灯光，似乎屋子已空。她拍打着门，一遍又一遍。徒劳，没人回应。

她回到家里，拒绝担忧。没什么要紧的，她的决心已定，神父为此喜出望外。他肯定是想再一次称赞她，提议带她去布雷斯布尔格。我又知道什么呢？她冷静下来，明天肯定会有解释的。

果然，黎明时分，她的电话铃响了。她听出是加百列神父的声音，立刻放下心来。

“亲爱的玛丽，发生了一件不可思议的事。”

“什么事？老天。”

“他们任命我去梵蒂冈！”

“什么？”

“教宗读到了我写的关于圣丽达的论文，他十分欣赏，要求我加入一个神学研究小组，在教皇图书馆。”

“可是……”

“是的，这意味着我不得不离开您，离开圣索尔兰。”

“可是我们的计划呢？”

“计划不改变，您已经下过决心。”

“可是……”

“您要去履行，因为您答应过我的，答应过我和上帝。”

“您将不会陪在我身边！我在监狱里的时候，您也不会每天来探望我。”

“您要去履行，因为您答应过我的。”

“答应过您和上帝，我知道……”

她挂上电话，心烦意乱。她在前一天白天所经历的狂喜与现在的愤怒间摇摆。“去梵蒂冈……因为我，他完全可以去梵蒂冈的。我的招供会让教皇祝贺他。他只需稍等等。因为做到了不可能的事、得到一名罪犯的救赎而去了梵蒂冈，总比因为写一个无足轻重的圣妇要强太多了吧？他怎么可以就这样背叛我？”

两天后，身体扭曲得像葡萄树老枝般的“老母山羊”薇拉·韦尔内，用她刺耳的声音来告诉她新神父已经到了。

玛丽去教堂。

耸肩缩颈在一件灰色陈旧的长袍里，神父正一边打扫门廊前的台阶，一边与圣索尔兰的村民们聊着天。当她看见他五短的身材、红润的脸庞、粗犷的五官，显而易见的五十多岁的年纪，玛丽·莫雷斯蒂埃立刻知道她将如何度过她的余生：打理她的花园，照料她的猫，少去教堂，并保持缄默直到死亡。

回家一

Le retour

"格雷格……"

"我在干活呢。"

"格雷格……"

"别烦我，我还有二十三根管子要清洗。"

格雷格俯身朝向第二台涡轮机，不愿转过身来，他强健有力的背脊上的肌肉似乎要撑破棉质背心。

水手德克斯特坚持道：

"格雷格，船长在等你呢。"

格雷格突然转过身，把德克斯特吓了一跳。汗水从他裸露的双肩流到腰间，把这位大个子涂得像个野人。锅炉紫色的火焰在他油光光的身体周围泛起一层蒸汽的光晕。凭借他机修师的天赋，一周七天二十四小时连轴干活，货船"大城号"劈风斩浪穿行在大洋中，把货物从一个港口运到另一个港口。

"他有什么事要责备我吗？"大个子手指般粗的眉毛拧成结，问道。

“没有，他就是在等你。”

格雷格摇摇头，似乎已经犯错，又重复确认道：

“他肯定有事要责备我。”

德克斯特带着怜悯战栗了一下，带口信的他是知道船长为什么叫格雷格去的，但他不打算告诉他。

“别瞎说了，格雷格。他怎么会责备你什么呢？你干的活比四个人干的还多。”

格雷格没再听他说话，顺从地用抹布擦擦手上的油污。他愿意接受训斥，因为他觉得船上的纪律比他的自尊更重要。如果上级责备他的某个行为，一定有他的道理。

格雷格不愿深究，因为船长马上就会告诉他。格雷格通常避免思考，他不擅长此道，尤其是他认为别人付他钱可不是为了这个。面对与他签了合同的雇主，思考很可能会被看作一种背叛，浪费时间，白费劲。到了四十岁，他仍然像最初十四岁时那样卖力干活。黎明即起，在船上巡查直至深夜。清洗、修理、调试马达的各种零部件，他似乎有一种强迫症，一定要把事儿做到最好，被一种不可动摇的永不满足的献身精神所折磨。他在狭窄单薄的床褥上休息，只是为了更快投入工作。

他换上格子衬衫，披一件防水衣，跟着德克斯特来到甲板。

今天的大海有点烦躁，没有波涛汹涌，但也不平静，就是心情有点不好，短促飞溅的浪花泛起阵阵白沫。这是太平洋常有的景象，世界显得那么单调统一，铅灰色的天空把它水泥般的颜色涂抹于一切元素：波浪、云团、甲板、篷布、人群，甚至连德克斯特平常古铜色的脸也显出些灰白纸片的颜色。

经过一番与狂风的搏斗，两人来到操舵室。门一关上，格雷格就有一种惶恐不安之感：远离机房的轰鸣声或大海的波涛声，从机油和海藻的气息中抽离，他便感觉不到在船上，倒像是身处陆地上的某个客厅。几个男人在那，其中第二个是无线电收发员，有些僵硬地站在船长身边。

“船长。”他垂下眼睛，投降似的说道。

门罗船长含混不清地回了句什么，清了清嗓子，迟疑着。

格雷格没有开口，等着宣判。

格雷格的谦卑使得船长更难以张口，他用眼神征询下属，没人愿意代替他。当他觉得再拖延下去会失了众人的尊重时，门罗船长克制着他所要宣布的消息带给他的精神压力，用干巴巴的声音和不自然的语调说道：

“我们收到一份给您的电报，格雷格。您家里出了点事。”

格雷格吃惊地抬起头。

“实际上，这是个坏消息，”船长继续道，“非常坏的消息。您女儿去世了。”

格雷格瞪圆了眼睛。此刻他脸上表露的只是惊讶，还看不出任何其他表情。

船长强调道：

“这个，是您的家庭医生，温哥华的桑巴杜尔大夫通知我们的，我们还不了解更多情况。对此我们很抱歉，格雷格，请节哀。”

格雷格脸上的表情没变，一直是一副惊讶的模样，纯粹的惊讶，没有其他情绪。

边上的人都凝神屏气。

格雷格看着每一个人，寻求他的问题的答案，得不到。最后他一字一句道：

“我女儿，哪个女儿？”

“您说什么？”船长吃了一惊。

“我的哪一个女儿？我有四个。”

门罗涨红了脸，担心自己没有看清楚。他重新从口袋里掏出电报，手颤抖着又看了一遍。

“唔……没有，没有其他信息，只有这一句：我们必须通知您，您女儿去世了。”

“哪一个？”格雷格坚持问道。这份不确定性带给他的困扰仿佛让他还未意识到这消息本身意味着什么。凯特、格蕾斯、若昂、贝蒂？

船长把电报看了又看，希望有什么奇迹能让他从字里行间看出某个名字。文本直白简练，仅限于此信息。

没办法，门罗只好把纸片递给格雷格，后者又仔细看了一遍。

机修工点点头，叹了口气，折叠好纸片还给船长。

“谢谢。”

船长差点想说“不用谢”，一想到这回答该有多荒谬，赶紧话到嘴边又咽了下去，沉默地看着舷窗外的地平线。

“就这些吗？”格雷格抬头问道。眼神清澈，仿佛什么事都没发生过。

他的这个问题让在场的水手目瞪口呆，以为自己听错了。本该他回应船长的话的，而现在船长却不知该如何回答他。格雷格坚持道：

“我可以回去干活了吗？”

面对如此的无动于衷，船长都有些看不过去，想在这荒谬的一幕中注入些许人情味：

“格雷格，我们三天后就要到温哥华了，您要我们在此期间试着联系一下桑巴杜尔大夫，了解情况吗？”

“您可以联系吗？”

“可以。我们没有他的联系方式，因为他是打电话到轮船公司总部的。但好好找一找，还是能找到线索。”

“好的，这样最好。”

“我会亲自处理这件事。”

“确实，”格雷格像个机器人似的说道，“最好还是让我知道到底是哪个女儿……”

这时他停顿了一下，当他要吐出那两个字的时候，终于意识到发生了什么：他的某一个孩子失去了生命。他停在那里，张大着嘴，脸涨得通红，双腿发软。他伸出一只手扶住地图桌才不让自己倒下。

他旁边的人看到他终于显出痛苦，不禁松了口气。船长走上前，拍拍他的肩膀：

“我会负责这事的，格雷格。我们会搞清这个问题的。”

格雷格盯着那只拍得他湿漉漉的油布雨衣叽咕作响的手，船长赶紧打住，他们有些尴尬，谁都不敢看对方的眼睛。格雷格是担心流露自己的悲伤，船长是担心被这种无助迎面击中。

“如果您愿意，今天可以休息。”

格雷格吃了一惊，想到要无事可做让他焦虑。如果他不干活，他还能做什么呢？这震惊让他再次开口道：

“不，我不想。”

在场的每个人都能预见格雷格在接下来的时间里将要忍受的煎熬。他就像是船的囚徒，沉默而孤独，将要背负货船般沉重的悲伤，被一个可怕的问题折磨：他的哪一个女儿去世了？

回到机房，格雷格投身工作就如一个浑身泥浆的人冲到水龙头下。那些管道从未像今天下午这样被急迫地清洗、除锈、上油、调节、拧紧螺丝。

然而，尽管他埋头干活，一个念头却占据了他，在脑袋里生根。格蕾斯……他二女儿的脸渐渐浮现脑海。是格蕾斯死了吗？十五岁的格蕾斯，有一种炽烈的生命喜悦，明媚的脸上总是带着笑容。讨人喜欢、有趣、精力充沛但又有点优柔寡断的格蕾斯，她难道不是最孱弱的那一个？她的快活不正好给她注入一种神经质的力量，让她徒有表面的健康，却并不让她更结实或更有韧性。她在幼儿园、初中和高中不就被同学传染过疾病？太好脾气的格蕾斯，似乎是一切事物的候选人，游戏、友谊；还有病毒、细菌、微生物。格雷格想象他再也见不到她行走、雀跃、歪着脑袋、举着双手、张嘴大笑。

肯定是她，不用怀疑。

为什么会有这念头？这是一种预感吗？他感觉到了一种心灵感应？他停了一会儿手中的活计。不，实际上他不知道，他只是担心。如果说他首先想到的是格蕾斯，那是因为她是他最喜欢的女儿。

他坐下来，为自己的发现惊愕，之前他从未列过这样的顺序。所以说，他偏爱某一个女儿……他有表露过吗？向她或向其他女儿？没有。这份偏心是深埋在心底的，隐晦的、活跃的、难以触及的——到目前为止对他亦如此。

格蕾斯……他对那个一头浓密秀发、脖子纤细的女孩满心柔软。她是多么讨人喜欢。她出色，但不像大女儿那样心思重，比另两个更活泼。她不知无聊为何物，任何处境下都能发现让自己兴致勃勃的无数细节。他意识到如果他继续想象是她走了，他将痛不欲生。于是他更加卖力地干活。

“但愿不是格蕾斯！”

他拧螺丝拧到握不住扳手。

“最好是若昂。”

如果失去的是若昂，他的悲伤肯定会小一点。若昂，她愣头愣脑、有点阴郁、有点棱角，油亮的褐发像堆久了的草垛一样浓密蓬乱，一张老鼠般的小尖脸。他对她真没什么感觉。需要说明的是她是老三，既没有享受到第一个孩子降生时父母的新鲜感，也没有享受到第二个孩子降生时的从容。老三，不言而喻，父母不怎么上心，让姐姐们去照顾就是了。格雷格几乎没怎么见过她，因为她出生时他正好到一个新的轮船公司去工作。公司的航线一直要到那些酋长国。再说了，他讨厌她的颜色：她皮肤的颜色，眼睛的颜色，嘴唇的颜色。他看着她时，找不到他妻子和女儿的影子，他觉得她十分陌生。当然他一点都不怀疑这是他的孩子，因为他很清楚地记得他们孕育她的那个夜晚，那是他刚从阿曼回来。而邻居们则说她跟他长得很像，和他一样蓬乱的头发，这是肯定的。也许就是这点让他不舒服：一个女孩有着男孩的特点却又不是男孩。

因为格雷格只会生女儿，他播的种无法孕育雄性，没有足够的力量让玛丽的肚子除了制造雌性外再造点别的，他很内疚。作为男人，他在夫妇中负责制造雄性。他这个大个子，由于一种未知的尤其难以察觉的原因，缺少必要的阳刚之气给这女儿国塞进个男孩。

很显然，若昂只差那么一点点就可以是个男孩……所以这个假小子证明了格雷格的失败。再说了，当人家来祝贺他生了一窝女儿，他看到了潜藏的嘲讽，心里很不是滋味。

“四个女儿！您太有福气了，格雷格先生。女儿最喜欢爸爸了，她们肯定爱死您了，对吧？”

她们当然爱他！他为她们历尽艰辛，常年不着家，总是出海，挣钱全为了供养家庭，食物、衣服、上学……她们当然爱他！她们不这样的话就太忘恩负义了，他所挣的钱全给她们了，只留很少一点给自己。她们当然爱他……

在格雷格的观念中，爱是一种责任或亏欠。因为他为女儿们做出牺牲，她们欠他爱。而他，作为父亲的自豪感，就体现于他的辛苦劳作。他没有想到过爱可以表现为微笑、抚摸、温情、开怀、在场、游戏和一起度过的时光。在他眼里，他有一切理由自认是个好父亲。

“那么，是若昂死了。”

他还没能够说出这句话，但这种假设已让他松了口气。

晚上，当船长把他喊到船长室，格雷格等着门罗来确认自己的猜想。

站在他的上级面前，格雷格被自己的想法吓了一跳，那想法表现为一句简短而坚定的祈求：“但愿他不要说出格蕾斯的名字，不是格蕾斯而是若昂，若昂，若昂。”

“不幸的格雷格，”船长说道，“我们没能联系到任何人。因为天气和风浪，通讯联络非常糟糕。总之我们还是不知道是您的哪个女儿……”

“谢谢，船长。”

格雷格道谢后退下。

他奔回自己的舱房反锁上门，耳朵因羞愧而通红。刚才他难道不是在期待自己的一个女儿的死亡吗？难道不是选择了可被人夺走的那一个？哪来的权力？有谁允许他在船长面前提示是若昂？这样选定她，自己不就像个杀人犯？作为父亲，谋杀的念头掠过脑海，这怎么说得过去？一名称职的父亲是会为了拯救女儿而抗争，所有的女儿……

他羞愧难当，在自己小小的房间里捶胸顿足，用拳头猛捶金属的舱壁。

“可耻啊可耻！人家对你说‘您女儿’时，你想到的是格蕾斯；如果人家对你说‘您女儿死了’，你就把若昂扔到坑里。你真该羞愧而死。”

当然没人听见他的倾诉，但他自己听得见。他从此知道自己的怯懦、卑劣，这个滴血的伤口永远也不会愈合。

“我没有权利爱若昂比爱其他女儿少一点，我没有权利爱格蕾斯比爱其他女儿多一点。我为什么还没有想到凯特和贝蒂呢？”

听到这些自言自语，德克斯特敲敲舱门：

“你还好吧？格雷格。”

“没事。”

“别胡言乱语了。来，我有一样东西可以帮到你。”

格雷格在推开门的同时几乎咆哮道：

“没人能帮得了我。”

德克斯特点点头，还是把手中的书递过去。

“给。”

“这是什么？”

“我的《圣经》。”

格雷格十分困惑，有几秒钟忘了他的悲伤。他的双手没去接书，眼睛却带着抗拒扫了眼斑驳陈旧的封皮，对他喊道：“你让我拿这玩意干嘛！”

“拿着吧，万一……万一你看到某一段对你有所帮助的话。”

“我不会看的。”

“打开《圣经》，不是去看，是去思索。”

德克斯特把书塞到他手里，出去替班了。

格雷格把书扔到自己的铺上，明白他无论如何是睡不着的，于是穿上球鞋，披上外套，决定到甲板上去跑步，跑到力竭为止。

翌日，格雷格醒来，以为死的真是若昂。

这回，他不是感觉如释重负，反是深深哀伤。在梦中他得知若昂奄奄一息皆因她有个坏爸爸，一个冷漠的播种者。他贴着枕头，开始为那个女孩的命运哭泣，为她在一个粗暴男人身边短暂的一生而哭泣。如果说他隐藏起对格蕾斯的偏爱，那他可毫不掩饰对若昂的不耐烦，总是斥责她、纠正她、命令她闭嘴或让其他姐妹说话。他曾真心拥抱过她吗？孩子肯定能感觉到他俯身向她时的不情愿，感到他更多是为了保持平等而非出于真正的意愿。

他在床上辗转反侧，腿上感觉到了德克斯特留下的《圣经》的重量，很本能地翻阅起来。他疲惫地浏览着字体过小的经文，翻看目录时在书页间抽出一张卡片。一个虔诚的形象，彩色的、纯洁的，立体印刷在一张奶白色的卡纸上，是一个脸上罩着一层金色光晕的女人，圣丽达。

她的微笑让他感动，那笑容象征着他的妻子、他的女儿们，象征着她们的纯洁、美丽、天真。

“保佑那不是若昂，”格雷格对着圣像喃喃道，“这样我可以补偿她，给予她该有的关心和爱护。求求您那不是若昂。”

他很吃惊自己对着一张纸片上的头像说话，如果他面对一位有血有肉的圣妇，他同样也会吃惊，因为他既不信上帝也不信圣人。只是当桑巴杜尔医生的电报把他置于一个十分无助的状态时，他病急乱投医，包括祈祷。昨夜他有多希望是若昂死了，今天就有多希望她活着，好让他能够弥补失去的时间和缺失的温情。

他再次投入工作时少了很多力气，因为反思消耗了他的一部分能量。这个消息触动了他思维中的痛苦部分：精神痛苦的大门在他面前打开了。

他想到了长女凯特，那个沉默的、外表像母亲性格像父亲的女孩，十八岁，已经在温哥华的一家商店里工作……是她死了吗？如果是凯特，死亡刚刚打断的又是怎样的梦？

格雷格意识到自己是多么不了解他的女儿们。他可以列举出她们的一些客观元素：她们的年龄、习惯、作息时间，但对于她们的精神世界，他大门紧闭。她们是一些熟悉的陌生人，从属于他的权威的谜一样的人。

四个女儿，四个陌生人。

休息时，他更愿一个人待着，借口洗澡把自己锁在用作浴室的小房间里，机械地脱去衣服。

他看着镜中的自己。他很强壮，膀阔腰圆思想简单。他的外表很能说明问题：扁扁的额头，宽度甚于高度，留给脑容量的地方不多；粗壮的大腿连接宽阔的骨盆——当然还是不如几乎撑破衣服的胸肌健硕——表明这是个从事体力劳动的男人。多年来他自豪于每天晚上的筋疲力尽，因为这份疲惫让他感觉完成了职责。他的生活十分简单，甚至都不会被厌倦盯上。因为要厌倦一件事，得有其他事物来代替。

看着镜中的影像，他剖析自己。一直以来他生活在海上，逃避陆地。在海上是为了逃避他的原生家庭——一个总是烂醉的父亲和一个毫无存在感的母亲。在海上是为了逃避他的第二个家庭，他自己建立的家庭——“建立”这词让他觉得有点夸张，因为格雷格只满足于有个法定妻子。婚姻就是为了这个，不是吗？格雷格就是在波涛中往返于世界：就是说他几乎什么也没看见。虽说他的货船停泊过许多城市，他并未比船走得更远，他从未离开过码头，就在港口扎根。出于谨慎也出于对未知的恐惧，担心错过起航。说到底，城市、国家、外国乡村，这些地方，他虽然航行过成千上万公里，仍然只是在船上或码头的小酒馆里幻想着它们，依旧是那么遥远的目的地。

他的女儿们也是，就如异乡，只有一点轮廓，没有更多。

他能记得贝蒂的什么呢？最小的那个女儿。记得她九岁，记得她是个好学生，住在他从杂货间整理出的一个小房间里。还记得什么？他几乎想不起她确切的模样，他从来没有关心过她喜欢什么，她不喜欢什么，她的志向是什么。为什么他不抽时间亲近女儿们？他过着一种粗糙的生活，仅仅像个苦役，像头在海上耕翻的老黄牛。

他看了最后一眼昨天还让他扬扬自得的这身腱子肉，冲洗干净，穿上衣服。

一直到晚上，他仍然躲避着与他人交谈。他们尊重他的痛苦，他们以为的痛苦，一点不勉强他。他们认为格雷格正经受着巨大的精神折磨，他们没想到的是他除了作为父亲的痛苦之外，还要加上不称职父亲的痛苦。

午夜，天空黑得如巨龙的大口。格雷格在底舱操作水泵已筋疲力尽，德克斯特却问道：

“怎么样？还是不知道到底是哪个女儿……？”

格雷格差点想回答说，“已经不重要了，没有哪个女儿我更了解一点”。可他只是咕哝说：“不知道。”

“如果这么可怕的事发生在我身上，我不知道该如何面对。”

德克斯特喃喃道。

“是啊，我也不知道如何面对。”

他脱口而出的回答是如此恰当，德克斯特有些愣住了，他还不习惯听到他用词如此精确。

因为格雷格正经历着一场意想不到的痛苦：他开始思考，在身上发展出一种不停顿的思索，令他疲惫。他的外表没有改变，没有。但有人住进了他的皮囊之下，另一个格雷格取代了先前的那一个。这个不久前还无忧无虑的粗人身上渐升起一种精神和智力上的觉醒。

他回到自己的铺位，哭了很久，没有再去盘算、追问到底是谁离世了。疲倦渐渐压倒了他，他闭上眼睛。昏昏欲睡中他既没有力气脱衣服，也没力气钻进被子里。这份睡眠沉重密实，让人疲倦，第二天更是把睡眠者抛入疲惫不堪的境地。

醒来后，他意识到自从得知那份要命的电报，他还从未想到过自己的妻子。并且在他眼里，玛丽不再是妻子而是家庭的合作伙伴，是教育女儿的同事。他负责挣钱，她贡献时间，很公平，很经典。他突然想她该有多痛苦啊，这把他拉回二十年前，想起当年那位年轻姑娘……他知道那个脆弱、多愁善感的玛丽此刻正被一场丧事压垮。他已经有多少年没有对她表达过自己的爱？他已经有多少年没有感受到过这种爱？他感觉心碎。

忧思的闸门一旦开启，现在他就从早到晚都在思考，从早到晚都在心潮起伏，这很累人，让人窒息、疲乏。

他时刻都在为妻子和女儿们担忧，即便干活时，脑子里仍是挥之不去的忧虑、苦涩、伤感，任何手工劳动都无法驱赶。

他双手撑着栏杆，在甲板上度过了回家前的最后一个下午。船体外的浪花一直伸展到地平线，无物可见。他仰头凝望天空，人在海上时，天空更吸引人。比起海浪，天空丰富、多变，宛如任性的女子。所有水手都会爱上云彩。

格雷格的注意力从凝视外在的光线跳跃到凝视内在的纷杂。他从未有机会如此刻，成为一个人，一个简单的人，在浩瀚的大洋、无尽的大自然和他无尽的思索间，如此渺小。

夜里，他抽泣着结束他的沉思。

自从收到那份电报，他意识到他也是曾经年轻过的玛丽的鳏夫。

而那个就要在第二天登岸的父亲，在这三天里失去了他所有的女儿。

所有，不是一个，是四个。

货船靠近陆地了，温哥华遥遥可见。

海鸥灵巧、轻盈、精准地翱翔，它们是海岸线真正的主人，比水手更了解海岸，比任何船只行进得更快。

岸上，历经盛夏，秋意正浓。色彩鲜艳的大树枝丫相簇，黄色、红色的秋叶高贵地飘零，仿佛在用这浓烈的颜色，在最后时刻感谢和回赠阳光的慷慨。

货船终于驶入温哥华港。岸上警觉、高耸的高楼的玻璃幕墙映照出云团和波浪，平添几分遥远的乡愁。天气变幻不定，一会儿阳光灿烂，一会儿大雨倾盆。这里的居民把这种雨称作“太阳雨”。

“大城号”靠向红色吊车林立的码头。

格雷格跳起来，远远看见码头上立着几个熟悉的身影。她们在等他。

他开始数，马上就看到了妻子和三个女儿。

缺少了一个。

他还不想知道是哪一个。他移开目光，专注于靠岸时的一系列操作。

船停稳，他打量着服丧的那几个女人，她们就在他下方二十米处，排成一行。尽管人影还很小，已然可看清。

这样……

现在他可以知道……

可以知道谁死了，谁还活着。

他几乎难以自持，一方面人家夺走了他的一个女儿，另一方面又还给了他三个。一个刚倒下，但另三个重生了。他不知该如何应对，呆呆的，想笑又想哭。

贝蒂……那么说是贝蒂，那个最年幼的孩子，他几乎还没来得及好好爱她。

有人放好跳板，他走下船。

发生了什么？他的脚一踏上陆地，贝蒂就从躲藏的一个箱子里一下子冲出来站到姐姐们身边，牵起她们的手迎接父亲。

这怎么可能？

他的脚就像被粘在地上，他数了数，四个女儿都在，就在他前面三十步远。他搞不懂了，呆立在那：他的四个女儿都活着。他抓住身后的栏杆，张大嘴连口水都咽不下。所以这是一场误会？从一开始就是……电报不是发给他的，是另有其人。是的，电报是给另一名只有一个女儿的水手，却送到了他手里。死亡并没有降临到他家里！

狂喜，他朝她们奔过去。他先是把妻子玛丽搂在怀里，笑着将她紧紧贴着自己。她很吃惊，任由他让自己窒息。他从未如此热烈拥抱过她。接着他又紧紧抱住女儿们，一次次触摸她们，他要确认她们是活着的。他说不出话，只是发出快乐的叫喊，眼眶里溢满激动的泪水。管他呢，他不再感到羞愧，他不想隐藏他的泪水。他这个害羞、拘谨、沉默寡言的男人，紧紧拥抱她们，搂着她们，尤其是对若昂，她惊讶得浑身颤抖。她们中的每一个对他来说都像一个奇迹。

终于，他喃喃道：

“我是多么幸福看到你们都健在。”

“他们没有告诉你？”他妻子问道。

她在说什么？哦不，她不能……她可不能也来……他再也不想有人提起这份荒谬的电报！他已将之抛到脑后，那不是他的事了，一场误会。

“你说什么？”

“桑巴杜尔医生答应我会通知船上的。”

突然，格雷格呆住了。什么？这份电报是真的？是真的发给他的？

玛丽低下头沉重地说道：

“我肚子痛，我去医院，然后就流产了，我失去了我们的孩子。”

格雷格明白了他之前忽略的事：他出海时妻子已怀孕，他却忘了这事。当人们还未见过肚子鼓胀，就宣告一个孩子，这显得很不真实。玛丽怀的肯定是个女儿，桑巴杜尔医生没有说孩子的名字，因为胎儿还没有名字……

玛丽和四个女儿被格雷格后面几天的反应惊呆了。他不仅破天荒地无微不至照顾妻子，还坚持为夭折的女孩取个名字。

“丽达。我敢肯定她叫丽达。”

他坚持要安葬这个女孩。每天他到墓地为她献上一束鲜花；每天他在丽达小小的墓前哭泣，对这个他还没来得及看、没来得及触摸的孩子，喃喃说着温柔话语。凯特、格蕾斯、若昂、贝蒂简直不敢相信这个粗鲁的男人会表现得如此深情、细致、温柔。她们以前习惯的是一个常常不在家的人，只感受过他的体力和服从他的命令，现在她们用另一种目光看待他，开始不那么惧怕他了。

两个月以后，格雷格告诉她们他不再出海，因为他接受了一份码头装卸工的工作。她们欢喜雀跃，这个不久前疏远的令人生畏的陌生人，终于成了她们的父亲。

纪念天使协奏曲 一

Concerto à la mémoire d'un ange

就是在听阿克塞尔拉小提琴的时候，克里斯意识到自己的琴艺远逊于他。

《纪念天使协奏曲》[1]的旋律从树林间升起，与蓝天、暑气、鸟鸣、白云融成一片。阿克塞尔不是在演奏乐谱，而是在亲历音乐。他创造了美妙音调，控制着情绪变化、节奏快慢，引导乐队时刻跟随他指尖流泻的音符来表达思绪。他把提琴化为一缕清音，时而慵懒，时而迟疑，时而重复，时而紧绷。

克里斯被琴声诱惑又竭力挣扎，因为他觉察出一丝危险：如果他太喜欢阿克塞尔，他将会讨厌自己。

平庸演奏者给人的感觉，似乎他们只是从观众席离开坐到舞台上，此次音乐节上乐队的大部分学员都是如此。他们拙劣地搞怪，戴着廉价眼镜，穿匆忙选择的服装。阿克塞尔却不同，

---

① 奥地利作曲家贝尔格（Alban Berg，1885—1935）为纪念马勒遗孀早夭的女儿所作的一部小提琴协奏曲。

仿佛是个天外来客，来自一个洋溢着智慧、品位的高尚星球。他不高不矮、身材修长、胸脯粗犷结实；有一张迷倒众生的俊美脸庞，匀称的倒三角脸上嵌着一双大眼睛。蓬松的无忧无虑的褐色卷发，让他看上去青春飞扬。虽然有着同样匀称和谐的五官，其他男孩看起来却愁眉苦脸或了无情趣，因为他们腹中空空。而阿克塞尔身上散发着一种摄人心魄的活力，他为人正直、慷慨、活泼又严谨，偶像般光彩照人。他自信亲切、几近卓越，简直是个天才。他沉浸于提琴中，仿佛得到神启而充满喜悦，这强化了音乐的安抚作用，唤醒听众的灵性，让他们变得更美好。他手臂灵巧，额头光洁，他将哲学具象化为优美的旋律。

克里斯丧气地盯着自己的脚尖，他的钢琴从未弹过这么好。是不是该放弃？十九岁的他已经获奖无数：各种奖杯、奖牌、头衔。他是那种被称作比赛机器的人，技巧高超、战胜过各路高手，无论是演奏李斯特还是拉赫玛尼诺夫。然而面对阿克塞尔这位奇才，他意识到自己从前取得的成就完全出于强烈的意愿和艰苦训练。克里斯只能掌握苦学得来的东西，而阿克塞尔天生就会那些学不来的东西。在独奏舞台上演绎正确远远不够，还需要真实自然。阿克塞尔的演奏浑然天成，而克里斯则要通过学习、钻研和模仿才能达到。

尽管阳光把这座泰国小岛的温度升到了35度，克里斯还是哆嗦，显得很焦躁：但愿阿克塞尔停下他的出色表现，不要再刺激他，但愿新的竞争开始。

这个名为“冬季音乐与运动”的冬令营是为音乐学院学生、高水准爱乐者及有志从事职业演奏的人提供的一次兼顾休闲、强身健体与提高演奏技巧的训练。他们每人每天有两小时教师单独授课，然后集体演奏、做对抗运动。帆船、潜水、自行车、长跑等训练结束后，将组织一次寻宝拉力赛来结束整个训练营。每个人都想赢得最终大奖：到世界上最伟大的交响乐团——柏林爱乐乐团学习一周。

阿克塞尔开始演奏第二乐章。克里斯一直觉得这不协调的一段写得最差，指望阿克塞尔会拉得干巴巴失去魅力，听众也将失去耐心。但是他的期望落空了，阿克塞尔赋予了音符烦恼、挣扎、抗争等各种情绪，使这段旋律充满了力量和色彩。贝尔格的第一乐章描绘了天使——那死去的孩子，第二乐章则完全沉浸于双亲的哀恸之中。

“不可思议！他的演绎比我那些参考录音还出色。”

这个二十岁的男孩怎么能超过费拉斯、格鲁米欧、梅纽因、帕尔曼还有斯特恩这些大师的呢？

辉煌的协奏曲在弓尖奏出的巴赫赞美乐中戛然而止，在最后时刻传递出一种信念，让人们相信世间一切都有其存在的理由，即使是悲剧。这是一位现代作曲家惊人的信仰宣言，阿克塞尔则把它演绎得自然感人。

观众拍红了手，乐队成员也兴奋地敲起谱架。澳大利亚男孩有些不好意思，觉得自己只是阿尔班·贝尔格谦逊的诠释者，观众的欢呼对他并不适宜，他只是简单的演奏者。他笨拙地向观众致意，但笨拙的样子犹显他的高贵。

克里斯不得不也跟着起立欢呼的听众站起身，他咬着嘴唇朝四周看了一眼：小提琴手成功地用一首十二音律作品让一群旅游者、海滩客、原住民等无知听众如痴如醉。第三次返场时，克里斯再也无法忍受这种欢呼场面。他穿过兴奋的人群，悄悄离开搭建在棕榈树间的临时舞台，返回自己的帐篷。

路上他碰到了保罗·布朗，组织这次国际训练营的纽约人。

“嗨，小柯尔托[①]，你喜欢这场音乐会吗？”

保罗·布朗喜欢叫克里斯“小柯尔托”，因为他弹钢琴又是

---

① 阿尔弗雷德·柯尔托（Alfred Cortot，1877—1962），法国钢琴家、指挥家。

法国人，传统上美国学院派视柯尔托为法国钢琴家的代表。

“阿克塞尔演绎了一部我不怎么喜欢的作品！”

“看起来你有点不服气，被迫认输。听上去你既不喜欢贝尔格也不欣赏阿克塞尔。”

“欣赏别人可不是我的长项，我更喜欢挑战、竞争和胜利。”

“我知道。阿克塞尔和你，恰成对比的两个人：一个面带微笑，一个汗流浃背；你好胜，他笃定；你把人生看成一场战斗，他却毫不设防地往前走。”

保罗·布朗端详着克里斯，十九岁的毛头小伙眼神阴郁，头发蓬乱，上帝宠儿般高傲。克里斯有着结实强健的身板，却戴着一副诗人气质的圆框眼镜，一撮修剪整齐的山羊小胡子，仿佛他要以成熟赢得别人的尊敬。

“谁有理呢？”克里斯问。

“恐怕是你。”

“哦……”

“我可是个十足的美国人，小柯尔托。纯洁和信任虽然听上去很美，但在现代社会已经不合时宜。如果说进入演奏生涯需要天赋，维持这种生涯更需要坚定、野心和斗志。你，你有相配的性格！”

“哦，照你这么说，我演奏得比阿克塞尔出色？”

“我没这么说，没人能比阿克塞尔演奏得更好。不过我认为你的职业生涯会比他走得更远。”

他的评价背后有很大的保留成分，克里斯决定只听赞赏部分。保罗·布朗拍拍额头打趣道：

“该隐和亚伯[①]！如果我要给你们俩另取名字，我就这么叫你们。性格完全相反的两兄弟，该隐强硬，亚伯温和。”

美国人为这绝妙比喻自鸣得意，张嘴看着克里斯，希望听到一句评价，但克里斯只是耸耸肩丢下一句话继续上路：

“还是让我继续做小柯尔托吧，希望这个‘小’只是对我年纪而言……”

最后一个周日早晨，克里斯头发乱蓬蓬地从床上起来，他按捺不住急躁的心情，再也睡不着。他需要行动，他感觉浑身发痒，肌肉蠢蠢欲动。

昨天晚上，他非常担心会错过最后的寻宝比赛，因为父母

---

① 圣经中亚当和夏娃的儿子，该隐和亚伯代表世上两种人，该隐代表犯罪而自私的人，亚伯代表有信心而敬畏神的人。

告诉他下星期二上午要在巴黎一些重要的经纪人面前试演。

听到这样的消息，明智的做法肯定是立即出发。因为他需要先到海边坐船，经过四小时路程到曼谷，随后在机舱蜷缩十二个小时横穿大半个地球。即使这样，到达法国后也来不及调整时差。但克里斯拒绝理性安排，他重新研究换乘路线，终于像走钢丝一样挽回这次比赛机会，并表示他可以搭周日晚上的接驳船离开。

为什么非给自己如此压力？大奖对他并无多大吸引力，因为对钢琴演奏者来说，在柏林爱乐这样的乐团待一周，参加演奏的机会并不多。不，他渴望的是竞争，是挑战阿克塞尔，他要战胜澳大利亚小子。在证明自己比他优秀、在让对手臣服之前，他绝不能离开。

早餐时，他跨过长凳坐到小提琴手对面，后者抬起头。

“你好，克里斯，很高兴见到你。”阿克塞尔热情招呼道。

阿克塞尔微微一笑，眼波流转中几乎有一种女性的温柔，不但能融化女孩子的芳心，也让男人心神荡漾。而且他大大的蓝眼睛转向别人时，给人感觉不但在看人而且还透视人。

“你好，阿克塞尔，今天准备好了吧？”

“为什么？今天有什么事吗？哦，对了，寻宝游戏……”

他笑的时候头微微后仰露出脖子，仿佛在等待别人的亲吻。

克里斯无法相信阿克塞尔根本没把比赛放在心上。“他在嘲笑我，假装若无其事，其实他一早醒来就想着这事吧。”

“我在想要不要参加这次比赛，”阿克塞尔接着说道，“我更愿意躺在沙滩上看书，今天下午我有一些乐谱和看到一半的书要读。”

“你可不能这样脱离集体！”克里斯不满道，“虽然那天晚上大家欣赏你的独奏，但你跟大伙保持距离，恐怕会被人误会。”

阿克塞尔涨红了脸。

“你说得对，原谅我，我会参加，谢谢你把我拉回正道。有时，我这人有点任性，只想到自己而忽略团队。”

克里斯心里嘀咕：“你特别要想到我，因为我要给你点颜色瞧瞧！”

九点种，比赛开始。选手们每人领到一辆自行车、一张海岛地图和第一条线索。发令枪响后，他们要一条条线索找下去（每个地方都会显示下一条线索），直至找到最后的藏宝地。首先打开海盗藏宝箱拿到 1 号金币者为胜，2 号金币者为第二——以此类推。

“愿最优秀者获胜！”保罗·布朗青筋暴凸，大声喊道。

一声清脆的发令枪响彻蔚蓝的天空。

克里斯已像最后冲刺般拼命，边蹬车边思索，还不时用双肘逼退与他并行的人。

三关过后他已经一马当先，猜谜语和寻找方位对他如同儿戏，但他不容自己有丝毫懈怠。

有个细节让他郁闷：紧随其后的是得克萨斯州人鲍勃和韩国人金，他们俩一个是大号手，一个是打击乐手。他很恼火，心想我参加比赛可不是为了赢这两个家伙。与所有乐手一样，克里斯有一种等级观念：塔尖的是那些出色独奏家——钢琴家、小提琴家、大提琴家；下一层是长笛手、中提琴手、竖琴演奏者及其他单簧管手；垫底的就是一些可怜小角色，演奏点缀性的乐器，如大号、打击乐器等！

“阿克塞尔为什么要拖拉在队伍后面？”

克里斯以己度人，觉得阿克塞尔是故意减速，未使出全力以避免与自己正面交锋。这是以退为进，然后阿克塞尔就可以借口说如果他认真比赛，完全可以获胜。

“混蛋，骗子，胆小鬼！”克里斯嘟哝着，摆动身体骑过一道危险的海湾。

到第十关，克里斯回头发现阿克塞尔赶上了鲍勃和金。

“哼，他开始发力了！”

对手的价值体现了比赛的价值和胜利的含金量。看见阿克塞尔离自己越来越近，克里斯燃起更强烈的斗志。

尽管烈日当空，克里斯在最后几个关卡中无论是智力还是体力上都使出了浑身解数。难度越来越高的谜语拖住了金和鲍勃的速度，也把其他人远远甩在后面。很快只剩下他们俩，澳大利亚人和他自己，这正是克里斯期望的双雄对决。

“二重奏，对决[①]……教授室内乐的老糊涂帕斯泰拉认为我分不清两者！‘二重奏就是两人联袂演出，克里斯先生；对决，才是一个与另一个较量。’这个三流乐匠总是这样唠叨，难怪登不了台只能在教书匠的位置上发霉，他从未明白任何事情都需要对决，历来如此！”

就拿上周三来说，当阿克塞尔与克里斯按保罗·布朗要求合奏弗朗克《小提琴与钢琴奏鸣曲》时，事情不就是这样吗？几小节后，克里斯意识到阿克塞尔把乐曲演绎得如此从容、清新，仿佛这曲子今天早晨刚刚谱就。于是他决定运用钢琴技巧

---

① 法语中，二重奏为 duet，对决为 duo。——编者注。

把听众注意力吸引到自己身上：增加层次、加强对比，需要用力的地方坚决用力，然后又十分温柔和梦幻。他过度诠释弗朗克的作品以反衬出阿克塞尔演奏的羞涩和软弱。诡计得逞，赞美之声全部汇集到克里斯这里，只有保罗·布朗不屑地撇撇嘴，向法国人表示他一点都不喜欢他的小把戏。

第二十关！根据标记，克里斯推测宝藏应该就在水底，在一片珊瑚礁下。一个月的训练终于要开花结果了。

他比阿克塞尔早四分钟到达海岸，把自行车藏入灌木丛后便朝地图上标记的海湾飞奔而去。

那里有个岗亭和一套印有“冬季音乐与运动”字样的潜水装备正等着他。

“太好了，我没有搞错。”

克里斯每隔十秒就要回头看看自己是否保持领先，他整理好潜水衣、背上氧气瓶、套上脚蹼、戴好面罩。

阿克塞尔出现了。克里斯就像被蜂螯了一口，一个猛扎跃入水中。他担心被超越，所以使尽全力朝珊瑚礁游去。

“根据我的计算，应该靠东边。”

他随波浪的节奏朝前游，一百米后本能地回头看了一眼阿克塞尔，后者正往西游去。

“往西？他为什么往西？”

如果是其他人，克里斯根本不加理会。但阿克塞尔判断力过人，因此克里斯纷乱的脑海中浮起一个问号。

他边蹬水边思考，在拼凑了所有线索后突然停止动作：

“他是对的！”

他懊恼地掉转方向，用力伸直四肢，期望加快速度，把身边的鱼群吓得纷纷躲闪。也许自己还有获胜机会，因为阿克塞尔贴着岩石，而他则穿过一片水域。

在靠近珊瑚礁的一片水草丛中，他隐约看见一个奇怪的影子。是藏宝箱么？他顾不上窒息和拉伤肌肉的危险，拼命游过去。

在他右侧，阿克塞尔本来是沿着珊瑚礁外围游泳，现在突然钻到棱角尖利的岩石丛中。他是撞见了什么危险动物被迫突然后退还是体力不支？他不知道自己正倚在一块摇晃的礁石上？这时一块石头塌落下来，接着第二块。阿克塞尔的身影消失在一片浊水中。

克里斯犹豫了，怎么办？上前解救他？这是潜水执照课程必教的。不过他又很想知道左侧十米深处的褐色影子是不是海盗的藏宝箱。

不过潜水守则还是要尊重的，他靠近阿克塞尔所在的浑浊水域。阿克塞尔的双脚被卡在岩石坍塌后的裂缝中，看到克里斯，他急切地做着求救手势。

“好的，好的，我会来救你。”克里斯用手比画着，“不过得等我拿到证明胜利的1号金币再说。”

阿克塞尔拼命挣扎，转动眼珠子，不断重复求救信号。

“不，老伙计，用不着来这一套。”克里斯心里嘀咕着朝左侧潜下去，“我知道这把戏：我帮你，把你拉出来，然后你就把我推到一边，自己潜下去偷走我的1号金币。当然你也没啥错，我不怪你，我也会这么做。不过趁我还能选择，我还是先顾一下自己。一会儿见，第二名先生。”

他离开的时候，阿克塞尔拼命挥动手臂，脸上扭作一团，冒着溺死的危险大喊大叫。

“哈，他也是平常人嘛，”克里斯看了对手一眼有趣地想，“要输了，他当然有点歇斯底里。”

克里斯费了点力气，慢慢打开箱盖，露出厚厚一叠黄铜钱币。他找出印有第一字样的那枚放入潜水衣口袋，然后兴高采烈朝阿克塞尔方向游去。

在离阿克塞尔几米远处，他注意到一个异常情况：气泡不是从面罩而是从阿克塞尔背部冒出来，他的身体也不再挣扎。

发生了什么事？

克里斯倒吸一口冷气，是否氧气管被坍塌的岩石割破了？克里斯慌了手脚加快划水。太迟了，阿克塞尔已双目紧闭，嘴巴半张，一动不动。岩石卡住了他的双脚，把他死死拖在水底。

这时克里斯瞥见远处有个人影，是金在胡乱游着，寻找最后一道标记。

钢琴手脑子迅速一转：要么自己留在这里，那就必须向人解释为什么没有更早救助阿克塞尔；要么他悄悄溜走，让金去发现尸体。

他顾不上多想，藏在一块暗礁后不让金发现自己，金正朝另一个方向游去。克里斯悄悄潜回海滩，一边躲在棕榈树后脱下潜水装备，一边关注着水面和陆地，担心随时会有其他学员从水中冒出来。

接着他朝自行车飞奔过去，庆幸藏起来的车没被金发现，这样就不会有人说他就在出事地点附近。他使出吃奶的劲蹬车，上气不接下气，心脏几乎跳出胸口，终于到达大本营，第一个冲过终点线。

那些没有参加比赛或中途退出的学员都来祝贺他。保罗·布朗皮肤晒得通红，额头、腋窝都在淌汗，也上前对他微笑：

"太棒了，克里斯。我一点都不惊讶，我本来就赌你和阿克塞尔之间有一人会赢。"

"谢谢。"

"谁跟在你后面？"

"我不知道。最后一次我看见的是金，有一阵我还看见阿克塞尔靠近，但又退了回去。我想是金和阿克塞尔在争夺第二名，不过落在我后面很多。我在最后一关离开海湾时，他俩都还没有赶上来。"

他心里打着小算盘：这是个漂亮的谎言，强调自己不在塌方地附近，正好可以摆脱干系。保罗点点头示意助手把行李拿过来。

"你知道，小柯尔托，也许在别人赶到之前你就该走了。"

"我知道。不过为什么你相信我会得第一？"

"拿上行李，船在等你呢。干得不错。祝你有个远大前程和辉煌的职业生涯。我不再啰嗦那些祝福话了，我知道你都会得到。"

他用美国人的方式拥抱了年轻人，把他揽过来在背上拍了几下。保罗啤酒桶一样的肚腩让克里斯有点恶心，他发誓自己到他的年纪，一定不许发胖。

"很高兴认识了你，克里斯。"

“很高兴，保罗……很高兴。”

即便只是重复对方的话，他也有点语无伦次，他是多么想快点逃走啊。

接下来的几个小时，无论在船上、吉普车上还是飞机上，他脑海里始终萦绕着两三个念头：反复思虑他的计划是否有漏洞，该如何回答质疑，想象最坏情况下该如何脱身。他几乎没怎么想到阿克塞尔，只想着自己，想着他可能的负罪感，或更多是别人会如何指责他。

在1980年9月4日，当他一夜未睡踏上巴黎土地，未被盘问就过了海关时，他觉得自己逃过了一劫。“人家不会来这里找我，一切都过去了，哈哈！”他躲进厕所高兴得手舞足蹈，仿佛又一次获胜。

在吐出行李的传送带前，他带着善意看周遭，一切都是熟悉的，他被洁白的墙壁、光洁的地面、锃亮的窗框吸引，透明的天顶露出巴黎水银般的天空。突然，透过落地玻璃墙，他在公共大厅的人群中看见了他母亲，她正朝这里张望，因飞机晚到而焦急不堪，担心再也见不到她的独生儿子。她绝望地看着四周，多么无助！这份焦急背后是怎样的深情……

他哆嗦了一下。

在悉尼，有位母亲将带着同样绝望的表情得知她儿子去世的噩耗。

这显而易见的现实击倒了他，他觉得阿克塞尔刚刚死去，而他克里斯，就是凶手。

*

卖宗教纪念品的博蒙夫妇根本想象不到他们在 2001 年的这个 6 月在上海的所见所闻。

每次只要一抬头，他们的目光就会从堆放样品的柚木桌上移开，从有些模糊的落地玻璃窗注视这个有着两千万居民、令人惊讶的中国大都市。城市望不到边，各种建筑物杂乱矗立，电视天线、中文广告牌侵蚀着城市；空气污浊，到处是钢筋水泥丛林和利剑一样直冲云霄的高楼。

“亲爱的你看，那幢闪着灯的火箭形大楼，少说也有五十层吧，是不？”

“至少。”博蒙太太附和道。

米小姐用甜美的法语招呼两名法国商人验货，声音短促柔和：“我可以核实一下你们的订货单吗？先生，女士。”

“开始吧。”博蒙先生对供货商说，像个发号施令的皇帝。

“开始吧。”边上的太太强调了一遍。她习惯每次只重复丈夫最后一句话中的某个词，免得他不高兴。

米小姐用笔指着她本子上的每一笔订单，用班上成绩第一名那样的自信说道：

“你们预订了一批促销价圣丽达（15 000个金属材料，15 000个树脂材料），圣丽达汽车贴片（4 000份），用圣丽达头像和二十二颗珠子串起的念珠（50 000份），以及杯子（4 000）、蛋杯（4 000）、烛台（5 000）和碗（10 000）。最后，我以一美元一个的推广价，再给你们添上百来个圣丽达海绵婴儿围兜，婴儿们总是脏兮兮的。你们要不要再来一个六十厘米高、超漂亮的圣丽达塑像粘在汽车上？它底座有粘胶，可以粘到任何地方。”

“什么价格？”

“四美元。价廉物美，而且是镀银的。”

米小姐说“镀银”这个词时很夸张，仿佛它们就是纯银的。

“来上一千个吧，我们有时会遇到一些很虔诚的长途车司机。”博蒙先生同意道。

“那圣丽达的纹章呢？”

“纹章？现在在法国卖不动了。”

博蒙太太忽然插嘴道：

“那放置药丸的小匣子呢？”

“匣……什么？”米小姐问，她显然不知道这个词。

“放药丸的盒子！给病人用的！圣丽达——万能圣妇的信徒，常要接受一些治疗。我觉得他们肯定会疯抢这些匣子。”

“拿上四千个吧，小姐。这桩交易就算完成了。”

米小姐把订货单递给博蒙先生，他很了解自己的重要性，踌躇满志地签了字。

“也许我们有幸同朗格先生打个招呼？”

“当然，”米小姐点头，“董事长答应过你们。”

“我们开始合作生意的时候就……”博蒙先生回应道，“我很高兴可以和朗格先生握握手。”

“神秘的朗格先生。”博蒙太太嘟哝道。

米小姐没有接话。在她看来老板朗格先生没有任何神秘之处，相反是她见过的最明显不过的大混蛋！

她电话联系了董事长秘书，然后请博蒙夫妇进到一个房间。

他们正惊叹于这间房间的视野，一个人从他们身后进来。

“早上好。”一个冰冷的声音说道。

博蒙夫妇转身刚想热情寒暄，但轮椅上那个人投过来的目光让他们止步。

来人穿着深色衣服，上面污渍斑斑，脸色阴沉，至少三天未刮胡子。朗格先生躲在墨镜后面，一顶皱巴巴的帽子压住头发（如果还剩头发的话）。他的表情（如果他还有表情的话）隐藏在一张冰冷的面具下。他用左手操作电动轮椅，不知道他的双腿和右手遭遇了什么，它们僵直、扭曲、如干柴般枯瘦。他看上去不像个活人，倒像件粗糙的半成品，一个毛坯、草图、倒霉蛋。

“你们想参观一下我们的车间吗？”

博蒙太太吓了一跳，觉得他是故意的，故意用这种冰冷刺耳的声音说话，就像指甲从玻璃上划过。她紧紧拽住丈夫的胳膊。

“想看吗？”朗格追问道，显然对博蒙夫妇的沉默很不满。

博蒙赶紧点点头，如梦初醒一般。

“很乐意。”

“乐意……”博蒙太太低声附和。

朗格立刻朝电梯驶去，那意思就是你们快跟上。博蒙夫妇对视了一眼，被浇了盆冷水，有点不知所措。他们不知道该怎样应对，也找不到他们往常对残疾人士常有的热情和怜悯。他们猜测朗格身上有种深深的敌意，他们甚至有些责备他是残疾人，可以借此蛮横无理、毫无顾忌地挑衅和攻击别人。

到了地下室，朗格先生从电梯里冲出来，他很恼火与一帮游客挤在一起下了二十五层。他指着车间里在日光灯下忙碌着的一百多名中国工人说：

“这里就是我们生产那些产品的地方。”

“为什么是圣丽达呢？”博蒙先生讨好地问。

他会心地朝老婆眨眨眼睛，满以为这个巧妙的提问能让朗格先生解释一下他的残疾，也可略微缓和气氛。

朗格很干脆地答道：

“因为有市场空间。”

“什么？”

“对，耶稣和圣母马利亚充斥市场，但如果你们在欧洲做一点市场调查就会发现，圣人们已经没有市场了，除了圣丽达和圣犹大。”

“圣犹大？”

博蒙夫妇从来没听说过圣犹大，也没有卖过相关产品。

朗格对他们的无知很不屑，不耐烦道：

“就是当你们想停车找不到位置时能保佑你们的圣人，不太出名，但他有的是时间来照应你们，很快会帮你们搞定。”

“哦，是吗？真的管用？”

“想得美！我说这些当然是为了推销。米小姐没给你们介绍？”

“没有！”

“蠢货！明天就让她滚蛋。”

当博蒙太太看到工人从模具中倒出的东西，突然涨红了脸结结巴巴道：

“这……这……这……”

“对，我们也生产一些色情用品，”朗格承认道，“你们感兴趣？”

博蒙先生凑近那根插在女人硅胶屁股里的塑料阳具。

“噢，这太恶心了。”

“错，”朗格先生反驳，“这些产品质量非常好，和我们的宗教纪念品一样棒。只要有模具，你知道原料和工艺都是相同的。”

“这简直是亵渎！想想我们的圣丽达有一天发现她身边的这些……这些……”

“圣丽达和大家都一样，先生！难道您只做宗教产品的批发？太遗憾了。一旦涉足生意，那就在商言商了……”

电话响了，朗格听着对方，自己没说话。然后他挂掉电话，说了句“我上楼去一下”，就扔下博蒙夫妇不管了。

法国夫妇刚和他道别，电梯门就在朗格身后关上了。

他回到办公室，来到秘书跟前，这是个二十五岁的韩国人，瘦得像根竹竿。

“怎么说？”

“他们发现他了，先生。”

秘书第一次看到老板脸上露出了笑容。朗格微张着嘴，喉咙里发出一声低叹。

“终于！”

秘书讲述着他知道的信息，相信这会让暴君高兴。

“他不在我们之前调查的那些行业工作。您告诉我们是古典音乐界，对吗？”

“对。他现在做什么？跨界到流行音乐？”

“他的工作和艺术完全不沾边，这是他工作地方的宣传页。”

朗格接过资料。平常毫无表情的他，忍不住抬抬眉毛露出一丝惊讶。

“您肯定是他吗？”

“完全肯定。”

朗格点点头。

“我要立刻过去。给我订张机票。”

秘书转到办公桌后拿起电话。趁他拨号码的当口，朗格漫不经心地说：

“您今天晚上就把米小姐开除了，职业能力不合格。”

秘书接通了旅行社电话。

“我要订一张去法国的机票，去安讷西……没有直飞？您肯定？要么上海到巴黎然后巴黎到格勒诺布尔，再租辆车到安讷西？要么上海到日内瓦，再从日内瓦坐出租车过去？”

他捂住听筒问老板：

“这样可以吗？”

这个做宗教和色情用品的大佬点点头。

“好的，”秘书回答，“要一张上海到日内瓦的机票，越快越好，公务舱。乘客姓名：朗格，阿克塞尔·朗格。”

朗格凑近窗户的光亮，把秘书给他的宣传折页翻来覆去，努力辨认着邮票大小的照片上的男人是否就是他寻找了几个月的人，而那段记忆折磨了他二十年。

苏尼尔，他的大胖子按摩师、前柔道冠军拍拍手说：

“到您的按摩时间了，先生。”

几分钟后阿克塞尔身上涂满油，接受每天康复训练的例行按摩。他哼着小曲把那张已经看熟的宣传折页放在按摩床的透气圆孔下。

“您今天看上去比平时心情好呀，朗格先生。”

“关他什么事？这蠢货。”阿克塞尔心里骂道，“我今天心情好或前几天气不顺，和他有什么关系？他是按摩师又不是心理医生，这脑残！”

五分钟后，因为阿克塞尔又开始哼唱，前柔道手讨好地重复刚才的问题，猜想雇主应该乐意分享自己的感受。

“什么事让您这么高兴？朗格先生。”

“我立过一个誓。发誓赚到我的第一个十亿，就去实现一个梦想。”

“哦，是吗？那要恭喜您。我的意思是，恭喜那十个亿。”

“您弄痛我了，笨蛋。”

“哦，对不起。那您的梦想是什么？先生。”

“去法国。”

“我理解……”

“去安讷西。”

“这个，我不认识。”

“我也不认识，去苏格拉底别墅。”

“苏格拉底别墅？那是什么？”按摩师拖长声音问，“一家餐馆？一个治疗中心？一家先进诊所？”

“跟这些都没关系。就是一个我要去复仇的地方。我在犹豫是用酷刑呢还是用谋杀。”

“您真有意思，朗格先生。”

大块头笑得有点勉强，他的笑声更多是愚蠢而不是愉快。阿克塞尔心想让这个苏尼尔按摩有六个月了，他再也受不了这位前柔道手的淡然、他无脑的对话和湿漉漉的双手。明天临走前要把他辞退了。

他定定神，再一次仔细端详折页上的照片，那是一群勾肩搭背的成年人。他在什么位置？那些人中哪个是他？克里斯现在会变成什么样子呢？

*

《纪念天使协奏曲》的旋律从扬声器里轻轻地、小心翼翼地响起，这是对音乐的记忆大过音乐本身。在自己的阁楼里，克里斯小心控制音量，因为山坡上这幢大木头房子里，声音会从一个房间传到另一个房间。他可不想让苏格拉底别墅里他们照看的那些孩子来批评自己的口味，不是他觉得不好意思，而是这首曲子属于他隐私的一部分，他不愿意与任何人分享。

廉价CD机发出噼啪杂音，小提琴声被淹没在乐队的混合声里，但已足够让他感知作品，释放记忆。克里斯听这张CD就如在看一幅发黄的老照片，音乐构成了梦境的支撑。

自从阿克塞尔死后他不停地想起他。一开始想得还不多，就像记忆中的一道小溪。随着时间推移，小溪渐变成浩荡江河。阿克塞尔被定格在他的天赋、友善和完美之中，占据了克里斯的身心，变成一个标志，一位圣人，甚至成为他这个无神论者在进退两难时想要祷告的神。

他坐在椅子里，白天的光线照着他面前的小书桌。克里斯凝视着他最喜欢的场景，窗外景色随季节更迭而变换。从斜天窗看出去，能看到比陆地更多的水面和天空。这可是一扇通往无穷远的窗户？山脚下安讷西湖在纯净如洗的天空下沉睡，偶尔有江鸥掠过。湖对岸的山坡上，各色房屋掩映在松树丛中，远看如黛色草场镶嵌的铺路石。更高处，白色山峰因距离遥远看上去像一些幽灵。

“嗨，克里斯快来，我们碰到了点麻烦。”

女同事萝拉穿着性感牛仔裤和衬托瘦削身材的宽大T恤，推开他的房门。

他跟上她，没说一句话，为了不让这里的孩子们听到。他们来到负责人办公室，这是木屋里唯一隔音的房间。

这家机构的创始人蒙梯尼奥把七名员工召集到一起宣告道：

“卡里姆，最后来的那个孩子逃走了。今天上午我们在他房间、工坊和仓房都没有找到他。”

“那赶快报警！”萝拉说道。

蒙梯尼奥皱皱眉头：

“尽量等等吧，萝拉。我们先找找看。派警察去搜寻一个在警察局有前科的孩子总不是个好办法。他要么藏得更好，要么会反抗。即使他被找到，也会怨恨我们跟警察一个鼻孔出气。这样很划不来，我们会失去对他的一切影响力。”

大家觉得他说的有道理，萝拉也这么认为。在这个旨在帮助有吸毒、斗殴、被强奸、轻度犯罪等经历的少年的机构里，教员们深爱自己的工作，可以放下自我接受犯错，因为孩子远比自己重要。

“我想你们中肯定有人接近过这孩子吧。有谁了解他一点？”

克里斯举手。

“好，克里斯。给我们说说。”

“恐怕他不是逃走。”

“什么意思？”蒙梯尼奥担心地问。

“卡里姆有自杀倾向。”

他的话一出口，大家都沉默了。随后，这些专业教员都围着办公桌商量该怎么解决卡里姆的事。

二十分钟后，克里斯朝苏格拉底别墅山脚下的铁路走去。为了找到突破口，他把自己放置于卡里姆的位置——一个贫困街区长大的男孩。因为死亡冲动是一种退行行为，是一种找回温暖童年的尝试。男孩在阿尔卑斯山这样完全陌生的环境里，肯定会去寻找某个能让他想到自己出生地（巴黎郊区）的地方。还有比铁路更一致的地方吗？不管在城市还是乡村，铁路都是同一种味道：混杂了机油、煤炭、排泄物的气味；铁轨上方挂着同样的金属站牌；列车突然出现时面临同样的危险。

他沿一条小河往下走。河水在布满鹅卵石的河床里流淌奔腾，泛起阵阵水泡，水中几处地方还有青色的野草在水流中起伏。刺骨的寒风扑面而来，显然，冬天临近。

克里斯来到铁轨朝两边看看，没发现人影。

他突然想起不远处有个地方可能会吸引男孩：那是一座横跨铁路的公路桥。越往上走克里斯越有把握男孩就在那里，等着火车呼啸而过时往车轮下一跳。

他奔跑起来，同时小心不被发现。他算得很准，快到那里时，就见桥上有个凝望着地平线的身影。

卡里姆背对着他，克里斯慢慢靠近，还剩几厘米时才开口：

“卡里姆，我想你今天早上心里非常不好受。”

少年转过身，不知是该气恼自己被发现了，还是该惊讶看见了克里斯。克里斯是他愿意接近的教员，他的话触动了他。

“你很难过，是吗？非常难过？”克里斯继续温和地说。

卡里姆很想说是，但这就意味着他得回答克里斯，而他不想回答任何人。

“命是你的，卡里姆，你当然可以决定怎么做。”

叛逆少年感觉克里斯看穿了他。

“我不想搅黄你的决定，也不想搅黄你在这里的时刻。问题是我会和你一起待在这里，如果有火车开过，我会阻止你往下跳。是的，我这个人很讨厌。”

卡里姆转过头，克里斯的善解人意让他有些不好意思。

“这样吧，我有个建议，卡里姆，我请你去那儿喝杯巧克力。”

克里斯指着他们上方的一个乡村餐馆，尽管不大，但红色房子在陡峭的山坡上很显眼。

“我们在那里随便聊聊，接下来你爱干什么干什么。”

"我还会回到这里的！"卡里姆嚷道，表示他不是随便听任摆布的人，也不是胆小鬼。

"可以，"克里斯答道，"只要你愿意，你可以回来，我保证不再来烦你。不过在这之前，和我一起喝杯热咖啡或热巧克力。"

"你发誓之后再也不来烦我。"

"我发誓！"

男孩敏感的自尊心得到满足。他双手插进衣袋，耸耸肩低下头，那意思就是："我跟你去。"

乡村餐馆的露天平台上，更高处的一个男人注视着这一幕，对他们的到来显得很感兴趣。当他看见那两个身影朝这边走来，便赶紧启动轮椅回到室内，停在两根梁柱之间，希望不被人注意到。

屋子里挂着红格子窗帘铺着红格子桌布，窗檐上吊着高山牧场的铃铛。卡里姆看到了镀锌柜台后的大咖啡壶和盥洗室门前的游戏机，才确定这里是咖啡馆。

克里斯要了两杯热巧克力。喝之前，他们先用冻僵的双手紧紧捂住杯子。

"你为什么不想活了？"

"因为我是个废物，我尽做蠢事。"

“你多大？”

“十六岁。”

“这样啊，就是说你的蠢事才攒到十六岁，以后，你……”

“说得容易！如果你是块铁就一直是铁；是木头就一直是木头；如果你是垃圾，就像我这样的，就一直是垃圾。”

“错！人是可以改变的，我有证据。”

“你？你一直是现在这样子的！”

“哦，是吗？我一直是这样的，像圣贝尔纳那一类的人，总是先想到别人？你哪知道我在你这年纪时根本不在乎别人，我把他们踩在脚下，只想着我自己。”

“你这么说是为了我……”

“我这么说因为这是事实。人不会永远坏下去，卡里姆。如果人有自省，就可以变好。我们是自由的，卡里姆，自由的！”

“自由，我？我一到年龄他们就会把我扔进监狱。也许他们做得对，我想在这之前先结束自己。”

“你不相信救赎？”

“你想说什么？”

离他们两米处，阿克塞尔一字不漏地听着，呼吸越来越急促。他躲得更隐蔽些以继续听他们谈话而不被发现。

“逆转命运，卡里姆。一个小偷可以变作诚实的人，杀人犯意识到自己的错误可以不再重犯。卡里姆，不管你一开始打砸抢也好，贩毒也好，你并不一定就不能变好。证据就是：你讨厌自己。一个真正的坏蛋只会觉得自己做的事都是对的，笨蛋从来不会认为自己是笨蛋。而你，请原谅，你已经高出那些人一大截。我对你有信心，卡里姆。我会尽我所能帮助你，我说话算数。”

他们打住话头。热巧克力让卡里姆感觉暖和了一点，克里斯的话更是温暖了他。

为了装着无动于衷保持坚强（以他的标准），卡里姆继续嘴硬：

“你是谁？你干嘛要管我？你又不是我哥哥！”

“不直接是。”

“什么意思？”

“就是说虽然没有血缘关系，我仍可以感觉是你兄弟。”

“切，有血缘才叫兄弟，剩下的都是胡扯。”

“是吗？难道你没见过街坊兄弟间的相互争斗、相互憎恨吗？还有你，你家兄弟又为你做了些什么？”

“他们还太小，我是老大。”

“那你还自寻短见，很棒呀，模范大哥！”

“哦，行了行了……我的事不要别人管。”

“确实这样。不过你知道该隐和亚伯的故事吗？《圣经》里有这样一个故事：该隐和亚伯是亚当和夏娃的儿子，他们一直相安无事，直到那次著名的献礼。亚伯献给上帝的是他饲养的牲口，肯定是牛羊之类；该隐献给上帝的是他种植的瓜果蔬菜。上帝没来由地接受了亚伯的献祭，拒绝了该隐。你知道生活有时候就是这样不公平、没法预料，只能接受。而非常高傲的该隐无法接受，他怒火中烧，愤愤不平。上帝呵斥他，嘱他冷静，但不管用！一怒之下，该隐杀了他所嫉妒的兄弟亚伯。在犯下罪行的地方，一切都太迟了，上帝问他为何要这么做？[①]该隐冷笑道：‘我难道是我兄弟的看守？’可他确实是的，他当然是，但他没有明白这一点，没有考虑到人类的大家庭。所有人都要为所有人负责，为他的兄弟或其他人负责。杀戮，就是忘记责任；暴力，也是。我不愿忘记这份责任：我是你的守护，卡里姆，我不会扔下你不管。而你，你是你弟弟们的守护。你不但不可以抛下他们，你还要帮助他们。”

---

①《圣经》中，上帝原话为：“你兄弟亚伯在哪里？”——编者注。

“好吧，那之后呢？”

“上帝把该隐流放到一个地方，让他在悔恨中劳作，然后繁衍后代。人类一直到诺亚，应该都是他的后代。所以你看暴力并不影响进步，有人类存在就会有暴力，但必须控制暴力。”

“刚才我说‘那之后呢？’是说我自己不是该隐！”

“你和我一起回家，你相信我，也相信你自己。也许你会成为你自己，那个真正的卡里姆，而不是受你们街区那些小混混改造的卡里姆。”

“你相信上帝吗，你？”

“不信。但我喜欢那些故事，他们让我感觉不那么孤单，不那么愚蠢。”

“我，我相信上帝。”卡里姆很自豪地说，觉得自己有一种优越感。

看到他的神情，克里斯知道他成功了，男孩不会来这里卧轨了。

过了一会儿，他们一前一后离开屋子，有时还肩擦着肩，朝通往苏格拉底别墅的小路走去。

阿克塞尔欠身看着他们离去，直到他们消失在远方。“失望”是浮现在他脑海中的唯一词汇。“失望”，是的，“深深地失望”，因为他没料到会在这种情形下见到克里斯。

他觉得自己也变了。

期待中的那种快感哪里去了？为什么接近复仇时刻却一点都兴奋不起来？为什么即将实施计划的阴暗喜悦没有如期而至？那么他得重新考虑考虑……

*

游泳池宽大的落地玻璃窗专门设计成让人身临其境的感觉，游泳时仿佛身在浑然天成的阿尔卑斯山中，在山峰耸立的绿色大草坡和铺展到天边的湖水间，在银装素裹的山峦静默的注视下。游泳池这天给人的感觉就像与世隔绝，水汽扑到玻璃遇冷凝固成水滴流下，模糊了山谷的景色。

几名泳者在大池子里来回游动，动作娴熟互不干扰。靠近跳台处，一个看上去像只甲壳虫一样大腹便便、双腿僵硬的老头，正佝偻身体双臂慢慢画圈。

一名腿毛剃得光光的救生员坐在可以俯瞰泳池的高凳上昏昏欲睡，嘴里叼个哨子就像婴儿含着奶嘴。

阿克塞尔裹着浴衣，工作人员把他的轮椅推到小水池边，他注视着那个令他寝食难安的人。

克里斯正在水里照料一位患风湿病的耄耋老太。他利用水的浮力轻轻托起老人，帮助她做一些陆地上根本不可能完成的动作。帮她强身，运动关节、拉伸肌肉和韧带。这种练习被称为“水中理疗”，克里斯即便不是这种最新疗法的发明者，也是极少数掌握此法的人之一。

阿克塞尔是在要求酒店提供医疗服务时，注意到了这个细节。他在酒店提供的一串名单中于“最新服务：水中按摩”一栏看到了克里斯的名字。

“是的，”酒店服务生解释道，“这人是附近苏格拉底别墅的教员，您知道就是专门收留问题少年的那个中心，好像这世上还有无问题的少年似的。不管这个了！总之，我竭力向您推荐克里斯，所有人都非常满意他，我给您约个时间？”

“用酒店的名字，不要用我的。”

阿克塞尔要好好享受这相遇时刻，如果用自己名字很快就会被认出；相反，如果克里斯没有马上认出自己，那他随后的惊讶神态肯定相当精彩。

阿克塞尔趁着克里斯全神贯注工作仔细观察他，而不用担心被其发现。多么尽心！克里斯对那个皱纹密布的恐龙般的老太太如此关切，再说她只是个陌生人……如果那病人是他母亲，他还能表现得更无微不至吗？不可能了。他俯身对着那张沟壑纵横的脸，按摩时犹如一个充满爱意的舞者，每一个动作都在传递一种恩泽。并且他的身材保持得……四十岁的他，皮肤黝黑，深邃的大眼睛，仍然保留着年轻时的浓密棕发，浑身上下没有一寸多余脂肪，肌肉结实。金色的上半身从下腹到胸部覆盖了一层罕见的细毛，仿佛化了一层淡妆。阿克塞尔注视着他，既着迷又苦涩，因为他无法不与之做比较，他尤其羡慕克里斯浑圆屁股下强健的双腿。自从那次事故，阿克塞尔再无此奢望，截瘫使它们失去运动机能，腿部肌肉和韧带早就萎缩。

“那是谁的错？”他愤怒地低语，一边用右手搓揉着铁条般僵硬的双腿。

克里斯运动员般健美的体魄更坚定了阿克塞尔的决心：决不手软。

阿克塞尔沉浸在自己的思绪中，反复想着复仇的事。克里斯轻轻碰了一下他的手臂，让他吃了一惊。“轮到您了，先生。”

阿克塞尔担心地抬起头，要是克里斯立刻认出自己怎么办？

“我是克里斯，我给您按摩一小时。是这样吧？”

阿克塞尔点点头。

“怎么称呼您，先生？”

阿克塞尔说了第一个浮现脑海的名字：

“阿尔班。”

他立刻咬住嘴唇，太蠢了！“阿尔班”，这分明是一段共同记忆，因为他曾在克里斯面前演奏过阿尔班·贝尔格的《纪念天使协奏曲》，他明显说漏了嘴，克里斯马上就会认出自己！

“阿尔班，我会帮助您进入水中。我把您的轮椅往前推一点，然后把您抱到水里，好吗？”

“嗯……好的。”

克里斯没有认出他。阿克塞尔用眼角余光看了他一眼，明白了原因：除了克里斯万不会想到在此遇见自己，还因为克里斯表现得非常专业。面对病人的残疾，他不流露出丝毫的吃惊或厌恶，以免令他们不快。他把注意力全部集中到技术细节上，脱去阿克塞尔的浴袍，收起金属支架，从腰部健康一侧托起阿克塞尔。

阿克塞尔放心了，决定放松下来把自己交给克里斯。

一进入水中，克里斯就问他有无什么禁忌证，有无需要避免的动作？阿克塞尔摇摇头。于是克里斯让阿克塞尔闭上眼睛，开始为他按摩，并用平静的口吻介绍每一个动作。

这种低声耳语最终触动了阿克塞尔。通常情况下，两个人闭着眼睛低声细语，几乎赤裸的身体相互接触，只发生在恋人间。而他现在却躺在最大仇人的臂弯里，那个仇人曾经因为无知和傲慢，差点要了自己的命。荒谬……太荒谬了……

不过这种触动并不让人痛苦。相反，因为浮力作用和克里斯的帮助，阿克塞尔感觉自己几乎卸下了残疾。他浮起、翻身、转动。这次临时的舒适水疗唤醒了他童年时代的感觉：最早是和父亲在悉尼泳池里戏水，他弱小的身子贴着父亲庞大得让人心安的身体；他们去怀特黑文蔚蓝的太平洋探险，他依偎着那个会蛙泳的男人，小男孩很感动于这样的接触。

这种信任的感觉很奇妙，与自己的凶手肌肤相贴……如果他的复仇止于此，让克里斯成为他的奴隶，每天为他按摩直至最后……至少这是一种非同寻常的折磨，无论对复仇者还是被复仇者。

“阿尔班，您感觉如何？”

阿克塞尔睁开眼睛。克里斯抱着病人轻轻摇晃，与他的脸保持二十厘米距离。

“很好，非常好。”

他们对视了一下，然后克里斯指着阿克塞尔的腿：

“发生了什么事？”

“一场意外事故，二十年前。”

克里斯哆嗦了一下。不是因为猜到了阿克塞尔的身份，而是二十年这个时间跨度勾起了他的回忆。阿克塞尔赶紧岔开话题：

“您怎么会想到研究水下按摩这种治疗方法？”

“唔，我不知道……我只是想找一些可以在水下做的好事。”

“为什么？我们难道会在水下做一些不好的事？”

克里斯正转头与一名朝淋浴房走去并向他微笑的泳者打招呼，未及回答，阿克塞尔继续道：

“我，我的事故就是发生在水里。”

克里斯回过头，呆住了。他看着阿克塞尔，先是不知所措，接着是怀疑和担心，最后是恐惧。阿克塞尔盯着他，他看到了克里斯的情绪变化，如同掀开了记忆的帷幕，让光线渐渐照进去。克里斯咽了口唾沫失声问道：

“是你，阿克塞尔？”

“是的。”

泪水涌出了克里斯的眼眶，同时他又想微笑。

“哎呀……你还活着？”

“你以为呢？”阿克塞尔反问。

二十年来，澳大利亚人从未设想过这种情况，他一直以为克里斯知道他溺水后发生的事。

克里斯低下头，仿佛后脑勺被人狠狠拍了一巴掌。

“我以为你……”

“我看上去像个死人吗？我看上去更像个废人，不是么？人家把我从水里捞出后救活了我。我昏迷了五个月，醒来后我就像一株植物。我不得不从头学起——不，是重新学习——学说话、学写字、学数数、学挪动。我并没有丧失精神方面的功能，但是……”

他伸出干瘪萎缩的右手：

“再也不能拉琴。”

他指着自己的脚：

“再也不能运动。”

他指着套在泳裤里两条干柴棒一样的腿：

“再也没有性生活，而这，我才刚刚尝到滋味。”

他的自述让克里斯很难过，他突然很怕再触碰阿克塞尔。他小心恭敬地把阿克塞尔放到泳池边的台阶上。

“哦，看到你还活着，我不知有多高兴，太高兴了！”

克里斯端详着他那饱受摧残的躯体，稀落的头发。可怜的阿克塞尔，昔日无可挑剔的匀称脸庞不见了，取而代之的是一张面具似的僵硬的脸，歪向左侧。脸上不再有表情，只剩下瘀肿、扁平、扭曲，那次事故留下的后遗症。

“你觉得有一天你会原谅我吗？”

“这能改变什么呢？”

阿克塞尔有些敌意地回答。

克里斯想了想，无话可说。

一股怨气袭上心头，阿克塞尔固执地追问：

“这能改变什么？如果我原谅你，我能找回我的身体？找回音乐和失去的那么多年？”

“不能……”

“哈，对你也许会改变什么。是的，你会感觉生活轻松了。”

“不，我一失足成千古恨。”

“那么，这又能改变什么呢？你说！你告诉我！”

阿克塞尔再也控制不住自己，咆哮起来，他金属般的声音在泳池潮湿的屋顶下回响。那老头停止了画圈，胖乎乎的救生员随时准备跳下来干预。

阿克塞尔和克里斯相互看了一会儿，后者终于开口道：

“你说得对，什么也改变不了。”

“哈……所以我不原谅你。我不是为原谅你而来。”

克里斯重新看着他，他意识到阿克塞尔做这样一次旅行是有周密计划的。

“你想怎么样？”

“十九点三十分，在我酒店隔壁的格里兹利饭店见。”

回到苏格拉底别墅，克里斯与卡里姆一起在木工车间呆了会儿，同少年热情地聊了聊，随后上楼换衣服准备晚上的外出。

他不知道见面会带来什么，也不知道下午他们相认后他想了些什么。阿克塞尔还活着是个天大的好消息，但并不能减轻他的负罪感，远非如此。看到阿克塞尔的高度残疾，冰冷的声音和被毁的人生，他感觉一种持久的折磨取代了他的死亡。倒不如索性……

太可怕了！他的胡思乱想真是太可怕了。他再一次想逃避责任，多么无耻……

对他来说，被自己背叛过的阿克塞尔没有更早去见上帝是件沉重的事情。唯一知道自己罪恶的那个人活了下来，带着他的底细活了二十年。这让他难以忍受……克里斯鄙视自己。

阿克塞尔已等在餐馆，轮椅固定在餐桌后。

他们点好菜后开始交谈。

克里斯只是简单讲述了自己的经历：他的幡然悔悟，他决定改变原来的生活轨迹，走一条不同的路，去服务他人。阿克塞尔的叙述则详细得多，强调每个细节，首先因为他从未在任何人面前吐露过，其次今晚他想好好爱自己，也许希望别人也能爱他。

随着叙述的深入，克里斯逐渐发现阿克塞尔变成了怎样的一个人，这让他痛心疾首……他曾经认识的那个天使般的孩子，那个心中只有艺术和音乐、亲切高贵的孩子哪里去了？餐盘后只是个冷酷的商人：寡廉鲜耻、不择手段，只要有钱赚，可以从一桩昧心买卖立刻转到另一桩肮脏生意。卖有毒颜料的玩具，人家告知他有儿童死亡时，他只是冷笑。他欺骗国家，剥削穷人，成了一名空虚的商业寡头，没有爱情、没有朋友、没有理想。阿克塞尔说得兴致勃勃，并未注意自己的讲述造成的结果。相反，他很得意，以为自己的话吸引了克里斯。放在二十年前，克里斯肯定会欣赏这种对金钱和权力的追逐，但现在的克里斯，从事问题少年教育的克里斯，再也不会喜欢这些论调。

隔着桌子的两个四十岁男人之间产生了错位。每人都让对方活在自己的想象中，赋予其鲜明清晰的个性。阿克塞尔曾经是克里斯心中完美形象的标杆；克里斯对阿克塞尔来说就是成功典范。他们都以对方为楷模来构建自己的生活，有意无意都想成为对方或超越对方。而他们虚幻的想象面临崩塌。

吃甜品时，阿克塞尔意识到自己的滔滔不绝只换来对方排斥性的沉默，他终于明白了形势：他们都变了，而且都厌恶对方现在的样子。当克里斯提醒阿克塞尔他曾经是多么慷慨而往事不再；当阿克塞尔指出克里斯曾经的功利心现在消失殆尽，他们之间的相互憎恶更加强烈。

他们沉默了很久。克里斯叹了口气，觉得必须开口：

“阿克塞尔，你为什么来这里？”

“为了和你做个交易。”

“什么？”

“从今天开始你要服从我。”

“我……”

“这是我要求得到的补偿。从今天开始你要照我所有的要求去做。”

“可是……”

“我不强迫你，你可以拒绝。这样的话，我会联系律师重新展开调查，宣布追究你的责任。你和我一样清楚，这件事没有法律时效限制。”

“去吧，去举报我吧。我不会赖的，我早就准备为我的错误付出代价，我一直在等这一天。”

“不用那么着急！如果你在监狱还债，这债是还给社会的，不是还给我的。就算你身陷囹圄，对我一点没用。当然，正义是得到了伸张，但我没一毛钱好处。你就不愿意为我做点什么吗？”

“不，阿克塞尔，我愿意为你做点什么，绝对愿意。”

“那么从今天起，你听我的指挥。”

“好吧。”

“你发誓。”

“我发誓。”

阿克塞尔又要了一瓶香槟酒，给两人斟上。

“为我们干杯！”

“干杯……”克里斯回应着，尽量掩饰自己的慌乱。

“明天你就递交辞呈，永远离开苏格拉底别墅。午夜我们将飞往上海。给，这是地址，你可以给那些你想保持联系的人。”

他塞给他一张名片。一面英文，另一面中文。

这天晚上，克里斯回到房间习惯性地打开CD播放机里的

《纪念天使协奏曲》。几小节后，克里斯扑倒在床上，非常想哭却欲哭无泪。他把一位极有前途的艺术家异化成一名偏执暴躁、残忍无耻的暴君。不知不觉中他造下的孽比害死一名无辜者更糟，因为他杀死了纯真，他的受害者现在成了一个魔鬼。在阿尔班·贝尔格的和声里，克里斯听到了自己的故事：不仅孩子死了，天使也死了。剩下的只是昔日阿克塞尔的残片，邪恶掳走了他，只留下荒芜。

我们在什么时候成为应该成为的自己？在我们年轻时候或更晚一点？青少年时代，尽管我们有些自己的小聪明和脾性，但更多取决于所受的教育、环境、父母；长大成人后，自己的选择造就了我们自身。他，克里斯，曾经那么野心勃勃、功利十足、争胜好斗，那是因为处在母亲的巨大压力下，他的单身母亲多么渴望独生儿子能替她成功。为了不辜负母亲的期待，他必须做到杰出、优秀、辉煌。他母亲曾遭克里斯父亲的抛弃，她一直觉得那是因为他嫌她配不上他！随着时间推移，克里斯意识到他的生父不过是个自私、不负责任的寻常混蛋。他二十岁那年从泰国回来后，幸亏有能力顶住母亲的压力。他对阿克塞尔罪恶的冷漠，揭示他走错了路，所以他洗心革面重新做人。而让克里斯始料未及的是相反的情形也发生了：一位高尚的人变成了混蛋。如果这世界上存在救赎，就同样存在堕落，两者皆出于自愿选择。当一场意外将人的生存撕开一道裂缝时，人的应对方式是不同的。阿克塞尔受囚于人性之恶，而克里斯则向他人敞开爱的怀抱。

如果说克里斯感觉今天找回了自己，阿克塞尔是否有相同感受？人自由的那部分在哪里？命运的那部分又在哪里？这些伤脑筋的问题让他无法入眠。

阿克塞尔这边，也不见得睡得更好。他在电脑上，通过互联网遥控企业。他曾在搜索信息时偶然看到全世界每年要消耗掉几百万瓶抗抑郁剂，灵机一动就创造了圣丽达这个所谓的抗抑郁的万应灵药，他命名为“圣丽达神水”。在他的众多业务——玩具、服装、小玩意儿、色情之外，他很喜欢来点宗教物品的买卖。“自从人们不再相信上帝，他们准备相信任何乱七八糟的东西！星相学、数字学、新世纪信仰、圣人复兴等，可以好好利用。”欧洲的去基督化运动并未惠及理性主义，反而增加和丰富了迷信活动：以前基督教提供了信仰的框架，现在不存在了。阿克塞尔可以利用市场空缺挖掘出丰厚的利润。不过为什么是圣丽达而不是其他人？因为他在悉尼养病期间，房间墙上钉着一幅插图，图中的圣丽达是真善美的象征。而他在重新学习说话和写字的过程中，非但不喜欢反而非常讨厌这幅画，因为他憎恨一切善行和象征善意的仪式性事物。有一天他朝圣妇身上猛吐了几口唾沫，决心从此要站到进攻者行列并一直留在那里。

第二天克里斯向蒙梯尼奥递交了辞呈，后者吃惊过后，真诚地表达了他的惋惜。他又去关照了一下卡里姆，留给他自己在中国的地址。最后参加了同事们临时为他举行的告别会。

“你什么时候走？”

“今天晚上，去上海。”

因为大伙想知道更多细节，他只好承认说要去照顾一位住在那里的童年伙伴，伙伴遇到了严重的健康问题需要他帮助。他这么一说，大家都觉得这就是克里斯，那个永远想着别人的克里斯。他们拥抱了他。

十九点，他带着行李去找阿克塞尔，后者结好账示意他上一辆汽车。

豪华轿车沿湖行驶，来到一座非常华丽的酒店。

“我们不是要从日内瓦去上海吗？”克里斯有些惊讶。

“后天走。”

他们在这座豪华酒店住了两个晚上，克里斯一直不知道为什么。在这短暂停留期间，阿克塞尔命令他做一些无足轻重的小事：帮他起床、漱洗、整理物品。克里斯信守承诺一切听从，这些事都难不倒他，尤其每隔三小时把阿克塞尔放到水里进行按摩更不在话下，尽管他有些害怕这个僵硬、骨骼松脆、行动不便的身体。有时候他会想以后的日子也这么一直下去吗……

偶尔，他会碰巧听到几句阿克塞尔的电话交流，他意识到阿克塞尔已无可救药地变成一个蛮不讲理的混蛋、破坏者、暴君。

“阿克塞尔，这几年你都做了些什么呢？我的意思是，做了什么有益的事？”

“一件都没有，魔鬼俘虏了我。”阿克塞尔冷笑道。

“我会强迫你做的。”

无事的时候，克里斯凝视着自己即将离开的阿尔卑斯山景色，那难以描绘的高山湖泊……有时候感觉湖水填满了一个大坑，仿佛为深渊盖上一个盖子；有时感觉围绕水域起伏的山峦仿佛一个巨大的摇篮。总之，这个他生活了十年的地方瞬间可以从令人恐惧变到无比优美。

他们在法国最后那天的黄昏，一辆出租车来拉行李，将在第二天送去机场。随后一名日内瓦华人开来一辆黑色轿车。克里斯一句也听不懂阿克塞尔与他的交谈，因为他们说的是中文。他只是见到亚洲人非常惊恐的样子，在一张纸上记着阿克塞尔说的话。

他们没有等到天亮。

早上五点，阿克塞尔就催促克里斯给自己洗澡穿衣，把他放到轮椅上，然后把车开出去。

这天天色灰暗，白昼迟迟不肯降临。他们离开酒店朝沿湖的路小心驾驶，岸边的雾实在太大了。

“停车，我们就停在这里。”阿克塞尔命令道。

昨天的那个中国人笔直地站在路边，朝他们做了个手势。

他们下车，潮湿的空气里弥漫着一股腐烂植物的味道。

中国人弯腰指着灰色木栈桥尽头的一艘木船。

克里斯照着阿克塞尔的吩咐，小心地把轮椅推到木船上。他刚在船尾坐下，那残疾人就暴躁地催他开船。

船往前开去。为了保持安静，马达被放在最低一挡。岸上那个中国人的身影越来越小、越来越模糊，最后完全消失在清晨的浓雾里。

“我们去哪？”

“你会知道的。”

克里斯心里犯嘀咕：他们俩中间船板上的这些口袋里装着什么呢？

船越往前开雾越浓，到达湖心时浓雾遮掩了所有湖岸和山峰，只有一片苍茫和寂冷。阿克塞尔熄了马达。

“行程就到这里。”

“这里？”

“这里，湖中央。”

听到这句话，克里斯立刻明白同伴脑子里的念头：阿尔卑斯山深不可测的高原湖泊替代了泰国阳光下的蔚蓝海湾，阿克塞尔要克里斯也尝尝溺水的滋味。克里斯本能地站起来想跳水逃跑。

“别动！”

阿克塞尔掏出手枪对准他。

“我不开玩笑，”他强调，“坐回去！如果你不照我说的做，我立刻开枪。”

克里斯重新坐下，刚想张口争辩……

“闭嘴！今天你要听从的人是我。”

口气不容置疑，但阿克塞尔在颤抖。因为寒冷、激动、害怕、愤怒？他肌肉僵硬（昏迷留下的后遗症）的脸上看不出任何表情，唯有微微抽动的嘴角暴露了他内心的紧张。

“曾经有那么一天，相比我的生命，你更看重那枚1号金币。当然，可能你并不知道我马上就要死了，但在救我和赢得比赛之间你毫不犹豫地选择了后者。这一次你不会再赢了。打开口袋。”

金属枪管寒光一闪，像闪电划过。

克里斯弯腰慢吞吞地把口袋拖到脚边。袋子很沉，打开来里面是捆在一起的铅块，两端还连着带子。

“把带子绑在你身上。”

克里斯刚想反抗，阿克塞尔的枪管抵住了他的额头。

克里斯只好不情愿地继续操作。

“绑结实点，把结打紧，你休想挣脱。”

阿克塞尔扣紧扳机。

水面上一只乌鸦飞过发出凄厉的叫声。

突然，克里斯不再磨蹭，开始专注、卖力、利索地工作。

阿克塞尔有点吃惊地注视着他，但没说什么。

“好了，”克里斯宣布道，“我绑好了，接下去怎么做？”

“哦，你挺着急的……”

“用不着磨蹭，我知道结局。要么我往水里跳，要么你在这里把我崩了？”

“镇静，看上去你好像很乐意？”

“我觉得这是必须的。”

“镇静，我再说一遍。照我的节奏来，是我安排了这一切，不是你。”

“不，我也有份，有一点儿。你变成今天这样子我是有责任的。”

“百万富翁的样子吗？”阿克塞尔不屑地问。

“不，杀人凶手。你还记得那个组织了音乐训练营的美国人保罗·布朗是怎么称呼我们的吗？该隐和亚伯。我是那个坏孩子，你是那个好孩子。我该是杀死我兄弟的那一位，我确实这么做了。”

阿克塞尔盯着克里斯，充满了仇恨。

“哼，你终于感到内疚了？”

“非常内疚。你看现在，你成了该隐，我是亚伯。很傻，不是吗？二十年时间，我们互换了角色。你现在只是一颗塞满痛苦、愤怒、仇恨的炮弹。我把那个曾经如此美好的你变成了一个魔鬼，我怎能不羞愧难当？”

阿克塞尔用枪指着他，随时准备扣动扳机。

“闭嘴。”

克里斯更加急切地说下去：

“我毁了你，阿克塞尔。我不仅毁了你的生活，还毁了你这个人。你完全走到了昔日之你的反面。我遇见过一位天使，我把他变成了魔鬼。”

“闭嘴。我变成现在这样是我自己的事，我愿意。‘再也不会那样’是我从昏迷中醒来后发的誓。‘再也不会那样’，再也不做受害者。”

“很奇怪，‘再也不会那样’，我回到巴黎时也这样发誓。‘再也不会那样’，再也不做凶手。”

他们各自咀嚼着命运的讽刺。一场意外事故把一个混蛋改造成了无私的人，把一个圣人变成了恶棍。

一团移动的雾块，浓密而轻柔，像一团白色树脂无声无息地缠绕他们，仿佛为他们裹上一件厚厚的外衣。

阿克塞尔若有所思地答道：

“这星期我在咖啡馆遇到你时，你正和那名绝望少年谈论‘救赎’。我已经多少年没有听见过这个词汇，没有思考过它的意义了。你说得那么动情那么坚定，我猜想你说的就是你自己。当你把我像破鱼钩一样留在海底时，你已经开始了你的救赎之路；而我明白我走了一条相反的道路，你在上升的时候我正在坠落。救赎的对面是什么？堕落？对，肯定是堕落……说出这个词的时候我很难过，感觉又一次成了受害者。”

“不是这样的。如果你无法不做别人的牺牲品，你可以避免做自己的牺牲品。这是你的权利，只取决于你自己。”

“我没有力气了，克里斯。人一旦变得厚颜无耻就很难再走出来。不再有理想，对一切都无所谓，除了痛苦。自从我在此地重新见到你，痛苦就没有放开过我，愈演愈烈。因为我们的位置变了……前不久我还在恨你，现在我恨我自己。从你的眼睛里我看到了自己，记起了曾经的我。比比看，我现在还剩什么呢？克里斯，我还剩什么？”

如果他摘下墨镜，克里斯就能看见他饱含泪水。

克里斯站起来：

“我可以为你做点什么。”

“没人能为我做什么了。”

“不，我能，我可以帮你做回那个高尚的人。”

“不可能，再说我也不愿意。”

“我强迫你。”

克里斯抱起那堆铅块，看了一眼右侧的浓雾，纵身一跃。

一切发生得太快了，阿克塞尔还没来得及反应，克里斯沉重的身躯已沉入水中。

克里斯的头只在水面冒了一下，不超过一秒钟。他在挣扎的那一瞬，看了阿克塞尔一眼。随后铅块的重量把他往湖底拽。

湖面上没有水泡，克里斯可能下意识地屏住了呼吸。

阿克塞尔看着水面上的波纹一圈圈散开，最后归于平静。

他以为他会感到满足，但那只是他的愿望，因为实际上他没有感觉到丝毫快意。

突然，一串气泡从湖底浮到水面破裂了，那破裂声竟有点儿像人发出的声音，仿佛张开嘴在表达一种喜悦，回归原点的喜悦，终于可以逃离这个充满敌意的世界。

这种感觉让阿克塞尔无法忍受，他突然意识到他的伙伴已经奄奄一息。

“克里斯！”他撕心裂肺地喊起来。

他的叫喊声在寂静的山谷回荡，随即消失。没有人回答他。

为了救克里斯，阿克塞尔也纵身跳进湖里。

*

老克拉，一名皮肤晒得像皮革似的萨瓦渔民，多年来都会给愿意听他唠叨的路人或游客讲述那个让他困惑不已的故事。

有一天早晨，他在孔巴别墅小路附近的山岬捕鱼，不适合开船的天气人们常会利用那块突出的岩石钓鱼，他在那里看到了令人难以置信的一幕。那是十一月份常有的天气，一团团浓雾在湖面上飘来飘去。有那么一阵，老克拉看到稍远处有一艘熄了马达的木船，船上两名男子平静地说着什么，随后一团浓雾遮住了他们。当木船再次显露时，他看到一名男子抱了一团东西跳到湖里，潜水员？另一名男子叫喊起来，很焦急的样子，紧接着也跳进湖里。一团云雾再次遮掩了正在发生的事。两分钟后能见度恢复，老克拉看到湖面上有两颗脑袋，似乎是第二个男人托起了第一个男人。但他们离船有点儿远，一阵风吹来，好戏再次被破坏，雾团至少持续了十分钟。最后，当能见度再次变好时，水中央只剩下孤零零的一条船。那两个男人哪里去了？沉到湖底还是爬上岸了？淹死了还是逃生了？老克拉觉得简直像在做梦。

经过一星期的犹豫和考虑，老克拉在一次酒后终于鼓足勇气去警察局讲述他看到的怪事。

“如果有人来报案说有两个男人失踪，”警察开玩笑说，“我们一定会告诉他你的故事。现在，你去醒醒酒吧。”

因为他满身酒气，警察根本没把他这个文盲的话当回事。

克拉老爹非常生气，从此抽不带过滤嘴的褐色高卢牌香烟，不停喝阿尔卑斯蒿酒。

酒精损坏了他的脑子，他几乎忘了曾经看到过的事，直到有一天一件事唤醒了他的记忆。

那是十年后，人们对湖泊抽水清淤，在湖底发现两具头对脚缠在一起的尸体，宛如一对蜷缩在母亲子宫里的双胞胎。

人们一直不知道他们是谁。由于两具骨骼太相似了，发现他们的工人也被深深感动，他们就把对面山上突出的那块石头称为该隐和亚伯，那两人就是从那里来到湖中赴死的，克拉老爹也是在那块石头上见证了他们最后一次的相互拯救。

爱丽舍宫的爱情 一

Un amour à l'Élysée

为了逃离那些大街小巷，她刚刚回到家里。可一进室内，又萌生外出之意。她每天为这种不适感深为痛苦，在哪都觉得不自在。

她用目光搜寻周围能让她安心的某个细节——家具、油画、陈列品——让她重拾信心，让她联结过往，徒劳。总统府顶楼的这套公寓，呈现一种令人泄气的高档品位：所有一切，从贴脚线到座椅锦缎，全部由当代最顶尖的建筑设计师设计。如果你移动一把椅子，或在这片米色和柠檬色搭配中，扔一件色彩鲜艳的毛衣，立刻就会破坏这种和谐。个人的、无视设计师理念的别样生活的每一个痕迹，都显得粗暴、猥亵和刺目。在这个被视为她本人风格的环境里，她始终觉得自己是个外人。

不想开灯，她就坐在沙发上，仿佛自己就是个访客。天色阴沉，光线如银匣子表面的反光。室外，雪软绵绵地飘落。临街一侧，可听见汽车疾驶而过，发出沉闷的轰鸣。

卡特琳娜觉得自己的生活就如这周日的午后，漫长，死气沉沉，满是莫可名状的期待，隐约的失落感，苦涩妨碍她去品尝少数还可以品尝的滋味。

她百无聊赖地抓起私人秘书带给她的杂志，她和丈夫的头像占据整个封面，配以大标题“爱情典范”。她凑近杂志，笑了。杂志上她的脸优雅、脆弱、白皙，如素胎的瓷器。

“爱情典范……”多么丰富的想象！卡特琳娜用她涂成红色的指甲尖——那是种汽车外壳般鲜艳的醋栗红——翻阅这本法国最普及的周刊。谁都不会掏钱去买这八卦杂志，神奇的是谁都读过。他们夫妇的照片占据了好几页，每张照片下标有重申报道标题的“爱情典范”四字。她和亨利对着镜头微笑，手牵着手，肩挨着肩，和蔼、整洁、精致，在无懈可击的总统套房里摆好或者说被摆好姿势。

“我们很美吗？”卡特琳娜自问。

很难回答。用二十五年政治经验练就的职业眼光来看，她知道照片无比精彩。但他们自己呢？当然，化妆遮掩了他们的不足，突出了他们的优点，两人都穿着得体的衣服。是的，他们战胜了时间的蹂躏，以最好的面目示人，符合他们偶像般的身份。然而，他们真的美吗？

“如果我看见这样一对夫妇，我会喜欢吗？”

很难回答。如果她能停止去想这就是他们自己，她还是会看见一对强大的夫妇，活在众人之上的夫妇。奇怪的是她并不为此喜悦。尽管社会地位不断上升，但她身上依然活着那个选择不妥协和没有出路的专业的美术系学生；依然活着那个宁可顿顿吃面条也不接受父母枷锁的野性女孩；依然活着那个在阿萨斯附近酒吧遇见亨利、不信他们的故事会持久的自由女子。二十五年后，桀骜不驯的女学生被荣誉铐住了双手，被定格成公众人物，莫雷尔女士，法国第一夫人，法兰西总统夫人，被钉在了爱丽舍宫金色的镜框里。

“总之，有一点是肯定的。照片上的这个女人，我是不会和她来往的。”

她毫不留情地自我裁判：面料厚实造型简洁的定制套装，不十分性感的高跟鞋，头盔般牢固的发型，打扮端庄。她已被变得资产阶级化。这种蜕变是缓慢完成的，违背她的意愿。从前卡特琳娜并不在意穿衣打扮，连衣裙、衬衫、长裙、印第安背心，五颜六色的、廉价的，什么都穿。她在北站附近租了个顶楼斜屋顶的小房间，习惯去附近平民街区淘衣服。而且为了证明自己选择的正确，她可能会说她喜欢棉布的干爽，喜欢感受轻盈的织物摩擦她瘦削身体的感觉。后来随着丈夫在权力台阶上的步步高升，挽着丈夫手臂时，她随意的穿着引来各种目光：由于她对穿衣打扮不上心，随意的风格聚焦各种评论，招致争议。她对于时尚的漫不经心被认为是她的故意为之，是她丈夫的一种公关小伎俩。当人们说起莫雷尔女士，总是以她的服装开场或结尾，有时是称赞，更多时候是嘲笑。为了平息这些争论，她最终向保守主义屈服，清空了衣橱里各种嬉皮士风格的旧衣服，用符合她年龄、身份的精心设计的时装代之。这涉及尊严问题……

“尊严！你听到了吗？我可怜的卡特琳娜。你的话就像个庸俗可笑的妇人，深信穿得很有尊严。那些混蛋们赢了，他们污染了我的脑子。”

她在爱丽舍宫冰冷的大厅里端详着自己的照片，那是她接见德国总理时所照：她鄙视眼前的这个女人。当然，她无懈可击、亲切、优雅。可她痛恨自己的微笑，痛恨自己把戏演得这么好，痛恨自己不流露出一丝不适。人家硬塞给她一个她不喜欢的角色——政治人物配偶，最初是议员夫人，随后是议员兼市长夫人，接着是部长夫人。每次她都失去更多一点自由。经过几轮残酷的选举后，她成为反对派领袖夫人。这倒十分有趣，是她最舒心的一段日子。最后，很不幸的是几年后她被突然宣布为总统夫人。

“如果我承认说我搞砸了自己的生活，没人会相信。”

她翻阅《爱情典范》这篇报道，冷笑着注视着他们正在金碧辉煌的大厅一同专心阅读一本艺术书籍的照片。记者写道：“莫雷尔夫人正试图与她务实的丈夫分享她对当代绘画艺术的热爱。”是的，那蹩脚记者写的没错，她确实尝试了三十秒，甚至一分钟，就是拍摄一张照片的那点时间，不会更久。而且她还指着那些画作的复制品不知在胡诌什么。为什么要说些亨利肯定不会听的东西呢？就是摆个样子，就像教堂的马槽布景里挂的无声的画。

“那么，亨利呢？如果今天是我第一次看到他，我会是什么感觉？”

这个假设比第一个更吸引她。她端详着冰冷纸片上的丈夫。

“那就玩一下这游戏吧，卡特琳娜。擦去你所有的记忆，假设你并不认识他。”

她一阵颤栗：他让她心动。

是的，他有些痞气的唇，完美的牙齿，乌鸦羽毛般黑亮的头发，从无懈可击的衣领中伸出的有力脖颈，这一切都让她心动。这怎么可能？经过二十五年的婚姻，她颤抖着注视他那双生来就是为了揽住纤腰的有力大手，激动于这个刚毅有力的鹰钩鼻，为这双眼睛中闪烁的阴沉的光芒而慌乱。因此，如果她今天遇见这个男人，她还是会坠入情网？……

卡特琳娜抬起头陷入沉思，凝望着窗外积雪覆盖的公园，心情复杂。在爱丽舍宫结冰的池塘上，海鸥生气地高声尖叫着。

这个发现让她困惑：这到底是个好消息还是坏消息？

坏消息！自从他们被禁锢于各自的角色，就认为一切已死，这是多么简单实用，为什么要唤醒一座雕像呢？我不知道在格雷万蜡像馆，那些蜡像是否愿意别人重新赋予他们生命？圣女贞德是否喜欢人家再次把她烤焦？路易十六是否愿意再次登上断头台，或者罗密欧愿意再次经历一场致命的爱情？不，不该激活那些陈旧的布娃娃，还是让它们沾满灰尘、褪色为好，悄悄从活人的记忆中退出、被遗忘。卡特琳娜·莫雷尔多年来就是打算如此生活。所以她对这个由莫雷尔变成的五十来岁的男人还有渴望，不是件好事。因为他不仅是亨利，不是从前那个一头乱发的年轻人被活活塞进总统的套子，他更是莫雷尔先生。这完全不是件好事。

然而……如果这一切可能是真的呢……如果他们能抛开日常的平淡……如果他们可以重新燃烧……如果他们能更好驻足

于自己的本性……

她本能地走向亨利那间屋子，对这地方她就如蓝胡子[1]的女人，是没有权利进入的。实际上，她经常会去，因为在白天的漫长时光里，这间浴室是个神秘的地方，没有他却又到处是他：可闻到浴巾的薰衣草味，还有牙膏、大理石上的冷水、芦荟的剃须膏；神秘是因为这里飘荡着她男人的幽灵；神秘是因为他从不接受与她一同进来；神秘是因为夜里在他们的身体于床单下彼此交融之前，这狭小的地方引导他们进入愉悦。这里是情爱的前厅……

她叹了口气，遗憾的是这个安乐窝很久以来不再昭示任何愉悦……尽管他们还睡在一张床上，亨利与她却不再相互触碰，只是一再消磨着……

她回到客厅，拿起杂志，端详着照片上的丈夫。

“这个男人吸引我，因为我不认识他。比如我推测他像他的姿势一样正直，像他的笑容一样坦率。然而我却知道……已经太迟了，我已经知道他是怎样的人，知道他做得出怎样的

---

① 蓝胡子是法国同名童话故事里的主角，他禁止自己的妻子进入城堡里一个神秘的房间，传说他在那房间里杀了很多人。

事……我知道……”

就在这时，莫雷尔出现了，身着蓝衣，眼睛充血，额头冒汗，嘴角挂着生硬的笑容。

“哦，你在呀？”他吃惊地说道，语气有些生硬，“我以为你去购物了……”

“抱歉，店里没什么吸引我的东西，所以我很快就回家了。”

他走上前，疑惑地问道：

“你没事吧？”

他是真担心还是假装关切？

“没事。我正在看关于我们的报道。”

“写得太棒了，不是吗？里戈非常满意。”

“好吧，如果里戈高兴的话……”

她很想再加一句“如果总统公关部的人满意，总统的花瓶就该闭上嘴”，但她忍住未说出口。

“所有人都觉得你出色极了。”他边说边朝浴室走去。

“‘所有人’是谁？你要求过一次民意测验？组织过一次全民投票？”

“所有人是指我办公室的那些男人。”

“那女人们呢？”

“一样。”

在半掩的门后，他打开壁柜，搅拌洗脸水，摆弄着那些瓶瓶罐罐。

有那么一瞬，她真想大吵一场，怀疑他又要去幽会哪个情妇。对于偷情，她早已无所谓，完全无所谓，因为他背叛她早已有年头了。然而令她觉得气愤的是他卑鄙、可耻的做派：他在漱洗打扮去见另一个女人时却还要用浓浓的恭维包裹她。她差一点想说：“你为你的娼妇精心打扮，待会儿是否会对她重复你刚才对我的恭维话？如果她不是一个彻头彻尾的荡妇，她就会生气，像我一样。”然而她只是叹口气道：

“又有差事了？”

“在朱西厄大学有一场见面会。”

她知道他总是借官方出行之际，提前一点时间去见他的情妇们。他安排得很好，只有他的司机和贴身保镖知道，悄悄助他完成他的小工程。当他与他的蓬帕杜尔夫人①草草完成苟合时，汽车就停在大楼外。他刚好有时间自己爽一把，没时间让对方

---

① 蓬帕杜尔夫人（Mme Pompadour）是路易十五著名的情妇，对当时的法国文化和政治起过重要的作用。

也爽一下。说到底，她并没什么必要去羡慕那些取悦来去匆匆的男人的娼妓。

她微笑着放入一张她最喜欢的唱片。

亨利从浴室出来，换了件干净衬衫，正在系领带。

“那就再见了，卡特琳娜，晚上见。”

“不可能。晚上我要去剧院，施米特最新的剧目上演。”

“哦，这很重要？”

“对于热爱戏剧的人来说，是的。其他人，可以无视。你尽管放心，我是以我们的名义出席。我会一如既往地自我牺牲。”

“你在抱怨，可你一向喜欢戏剧的呀。”

他装着轻松地往前走，努努嘴，就像忙碌之人要尽量表示自己的温情。

就在这一刻，她闻到了他身上的气味，立刻挺直了身体。这香水哪儿来的？是谁送给他的？谁选择了这种陌生的香水？不用怀疑，他又有了一名新情妇，一名长期情妇。妓女是不会送香水的，只有情感上的志愿者才有这份胆量。尽管卡特琳娜通常隐藏自己的想法，这回却问道：

“谁送给你的香水？”

“嗯……嗯……是你呀。”

“不是我。”

“哦……我以为是你。”

“不是。”

“得，我也不知道……我没注意……我收到的礼物那么多，也许是里戈？”

“你现在开始用男人挑选的香水了？”

“为什么不呢？你不会因为一瓶香水给我来一场争风吃醋的风波吧？”

“不会，我不蠢。我有比香水更好的由头来给你搞点事，在这个层面，我可是有一大堆选择。”

他看着她，有些警觉。这个有能耐让秃子相信头上会长出头发的政治动物，随时准备战斗。

她抢在他之前说道：

“我不会制造丑闻，我没有任何吃醋的意思。”

“哦，是吧。”

“没有一丁点，平静得就像一汪湖水。甚至有些奇怪……也许大众的感觉是对的，认为吃醋就是爱情的证据？”

他微微一颤，这回感觉受到了伤害。可怜的总统，她饶有兴味地想道：他是多么习惯于受恭维，由于被保护得太好，变得容易受伤害。就这样被一句无足轻重的评语打击得仿佛遭遇了一次选举失败。

“我好像有点没听明白。”他轻轻说道。

他强调这一点，因为正常情况下他对这样的对话毫不放在心上，卡特琳娜一直习惯于把责难放在心里。她记得这个习惯，但此刻她认为他的运气太好了点，所以决定一反常态。

“你明白吗，亨利，我不再爱你，一点都不爱了。”

总统看上去突然就像个受到惩罚而不安、失落、受惊的小男孩，像一个试图抵挡痛苦的孩子竭力表现得像个男人。为了把话说完，她还加了句：

“早就不爱了！”

“卡特琳娜，你在开玩笑？”

“你觉得好笑吗？”

“不好笑。”

“所以这不是个玩笑。”

他结结巴巴，恼怒得说不出话，就如一只被车灯照射受了惊的兔子，惊慌得不知所措。他后退一步，皱缩起鼻子，浑身颤抖，只会吐出一连串咕哝。他刚想说出一句完整的句子，卡特琳娜就打断了他：

“你放心好了，亨利，你不会痛苦的。这不过是你的自尊心受点伤而已。对你自己的爱在你身上可是有很多。有多少？你人格中的80%，85%？幸亏，几分钟后你的情妇——你知道，就是那个给你香水的人——会安慰你的。”

他脸色苍白，无法确认最让他震惊的是她的话还是她说话的语气，保持距离的、玩世不恭的、几近冷漠的语气。

“这有很久了吗？”

“什么很久，亨利？”

“很久，那个……那个……你刚刚说的那个……”

“说我不再爱你？”

她想了想。

“很久了。我可以告诉你是自从你不再有一点儿时间花在我身上开始的，但不是这样的，还在那之前；我可以告诉你是自从你利用我们夫妻来说服法国人你是与他们相同的人开始的，但不是这样的，还在那之前；我可以告诉你是自从你在公开场合亲吻我，私底下却再也没有开始的，但不是这样的，还在那之前；我可以告诉你是自从你很不体面地利用我们女儿的聋哑来赢取公众的同情开始的，但不是这样的，还在那之前；真相是，自从袭击发生的那天，富尔米翁大街的袭击案。”

他一个踉跄，双唇因愤怒而颤抖。他的声音在这百年的护壁板间回荡，冰冷刺耳。

“你到底想说什么？”

“你自己心里清楚，我知道。”

“你知道什么？”

所有法国人都记得富尔米翁大街的那次袭击。据一些时政专家的观点，如果说亨利这一年赢得了他之前缺少的那些选票，那就是因为他是一场卑劣袭击的受害者。在一次出行中，两个蒙面人朝他的汽车开枪。受伤的亨利试图追赶他们，最后还是放弃了，回来救助他倒在血泊中的司机。公众舆论赞赏了他的勇气。从第二天起，他就成为政治人物中的英雄。四十八小时以后，贬低他的人都会被视作极端主义者、原教旨主义者，有可能是买凶杀人的危险人物。这件事让他的对手信誉受损，他轻而易举赢得了选举。

“我知道，亲爱的亨利，有人有怀疑，但不敢写出来。我知道你到死都会坚决地、气愤地否认这一切。我知道你做了些什么：你策划、组织、花钱炮制了这次袭击，一场纯粹的公关行为，效果良好。再说了，借助这次算计，你当上了总统。很可惜，因为你的野心，你从前的随员从此被禁锢在了电动轮椅上。

从那天起，我就鄙视你。”

沉默使他们之间的距离更加遥远。一股冷冷的恨意弥漫在屋子里。

“我想你是疯了。”他缓缓说道。

她抓起杂志递给他。

“现在，看看吧！自从你知道我都知道了些什么，看看吧！看看你是在跟一位多么了不起的演员一起生活……我了解你的卑鄙，但我微笑；我百无聊赖，但我微笑；我憎恶你，但我微笑。很了不起，不是吗？我看上去既不是受害者，也不是刽子手。多么出色的表演，你不鼓一下掌吗？你应该鼓掌，因为你是唯一能够评判这演技的人。‘爱情典范’，你那个里戈当然有理由满意这篇文章，你躲过了厄运！”

“这是宣战吗？”他问。

“完全不是，这就是我们的生活。”

亨利想找些什么话来回击她，找不到，只好恼怒、僵硬地往外走。

走到门口，他回头加了一句：

“为什么你今天对我一股脑儿倒出这些？为什么出奇地坦诚，现在？”

她的眼睛睁得像表盘一样圆。

“这个，我也不知道。真的。”

“哦，是吗？”他狐疑地嘟哝道。

“我发誓，亨利。而且这让我一阵轻松，我在想我为什么等了这么久。”

他耸耸肩，跨出门槛，摔门而去，脚步重重地走下楼梯。

如果他没有被怒火吞噬，他本可以凑近卡特琳娜的脸，并且看出她已经哭泣了好一会儿。

接下来的几个月，他们之间的对峙愈演愈烈。

在外界看来，没有任何改变，总统夫妇继续履行他们的职责——接待、参观、旅行——参加所有能装出他们相亲相爱的活动。无论在公众场合还是在私底下，他们也没再说一句可怕之言。

然而沉默并没有安抚他们，相反极度放大了导致他们不睦的那句要命的话。至于他们无可挑剔的表现，只是拜多年的经验所赐，织成一道幕帘，帘后的敌意却日渐加深。

因为遭受了猝不及防的震惊，亨利要比卡特琳娜承受更多的痛苦。如果说以他的自负，他可以轻松忍受别人不爱他，但他不能容忍人家蔑视他，尤其这种蔑视还来自最了解他的家人。他面临三种解决之道：要么认为卡特琳娜说得有理，那就是说承认他利用了家人并为赢取选举而舞弊；要么在妻子面前证明自己；要么一概否认。很自然，他选取了最后一种方式。卸下良心不安，不去多想他另一半发作的缘由是什么，他原谅自己并改写历史：问题的来源不再是亨利，卡特琳娜倒成了麻烦。他开始抱怨摊上这么一位妻子：疯癫、分裂、尖刻，嫉妒他的成功，他们的成功。多么古怪的性格！虚假、扭曲、两面派，人前和蔼可亲，实际恶意满满，就像杰基尔医生变身海德先生[①]。

而卡特琳娜则把玩着这种新处境。折磨丈夫对她是件乐事，至少让她摆脱花瓶的角色，以及受背叛的无能家庭妇女的角色。他有点忌惮她，她强加给了他一个不可捉摸的女人，一个他有些担心的陌生人。他紧皱的眉头和黑色的瞳孔仿佛在带着焦虑设问："她会做些什么？她会说些什么？她在想些什么？"她很得意既不给他回答也不给他线索，她不提供任何把柄。更妙的是，随着她的躲避，她迫使他不得不随时面对她，直至成为

① 英国小说家罗伯特·路易斯·史蒂文森著名小说《化身博士》中的人物。杰基尔白天是令人尊敬的医生，晚上则变身为邪恶的海德先生。

一种强迫。她只为亨利出现在自己生活的舞台上，她的观众有几百万。因为几年来无论是在法国还是在国外，她的身份把她推到万人瞩目的位置。不过在此之前，她吸引的还只是些天真的笨蛋，以为她钟情于亨利，为自己身为第一夫人而幸福。而自从那次真心话后，她又俘获了一批头脑清醒的观众，他们欣赏她的出色，能够掂量出她所说与她所感有多么不同。自此，亨利不仅意识到了这一点，还感到恐惧，这是怎样一种快感啊……不过总统作为一名老练的政治人物，很清楚没人能够表现出始终如一的真诚，很清楚人们会撒谎、耍花招、承诺一些事又很快抛到脑后；作为老练的政治人物，他也有点相信他自己的表演，激动、愤慨、恼怒、坚定、有力、无力。因此卡特琳娜彻底的玩世不恭在他看来就是一个漩涡，里面尽是些该下地狱者在挣扎着。

亨利恼怒与妻子不得已同住的事实，然后受到传染，他开始恨卡特琳娜本人。

他越来越不掩饰自己的情感，他那模范丈夫的面具，只要没有旁证时，只要他们夫妻一钻进汽车，只要一回到总统府，便立刻摘下；恼怒、对立、愤怒的情绪马上侵占了莫雷尔总统的表情，他变得充满仇恨、苦涩，怒气冲冲。

卡特琳娜却极喜欢这种冲突的加剧，这种仇恨刺激她，赋予她活力，让她从无聊中解脱。她喜欢这种状态犹如树木在春天感觉汁液丰沛。虽然说这并非他们爱情的更新，却是他们历史的更新。

某天，她在两个保镖和司机的簇拥下，在圣日耳曼德普雷一带从一个商店闲逛到另一个商店，远远看见一个穿米色风衣的人在她视野里来来回回穿越了好几次。

她立刻明白发生了什么：她丈夫在派人跟踪她。她大喜过望，不但假装没看见那侦探，还多次转移她保镖的注意力，不让他们发现那人。

“亨利在寻找什么呢？他想知道什么？”

一个月以后，她发现了这些盯梢的目的：总统在罗织一份他妻子的朋友们的名单，紧接着他给每人发去一份邀请，邀请他们到爱丽舍宫共进卡特琳娜不参与的“非正式早餐”，他狡猾地想从中刺探出些什么。没让他的对话者们意识到从前的律师已变身为政府首脑，他正在评估他们与卡特琳娜亲密的程度，对他欣赏或憎恶的程度。他的意图是确定卡特琳娜有没有向她的某位密友吐露过她拥有的足以引爆舆论的那些秘密。

她饶有兴味地听着朋友们的讲述，那些被操纵的人还受宠若惊，永远都不会猜到亨利此番动作的真正目的：他的安全。

“如果说他跟踪我，那是为了他自己，不是为了我。他只对自己感兴趣。”

因为穿风衣的男人或他平淡无奇的替代者继续跟踪她，她决定捉弄他们一番。

她找到一个叫夏尔的家伙，是朋友的朋友，巴黎左岸的古董商，让他在他的公寓里接待自己。这位四十来岁的帅哥，高大、挺拔、优雅，虽然深色头发夹杂了几根白发，看上去还是那么年轻。他自然是欢天喜地接受了这请求。于是每天五点到七点，她以一种卖弄似的低调去他那里，他们在紧闭的窗帘后一起喝茶、聊天、说笑、听音乐，以至她离开大楼时，一脸心满意足的神态——咔嚓，照片——这可不是捏造的。这样足够喂饱莫雷尔总统的猜疑心了吗？

一个星期后，她从亨利的眼神中看出他已知此事。她看到了什么？看到一种欣喜的光芒：他希望可以逮到他老婆的现行，抓住她的把柄。

第二周她继续她勤勉的造访。

亨利确认了他的怀疑，简直欣喜若狂，而卡特琳娜则胸有成竹。

第三周，她打出了致命一击：她同夏尔大摇大摆出现在巴黎的餐馆和剧院。随后，因为她期待的反响姗姗来迟，她打了几个巧妙的电话，好让那些狗仔队在那两位新朋友出现时拍到他们。

星期六早上，一张照片出现在最热门的八卦杂志上，所配标题是："跟他这样的宠儿在一起，第一夫人并不打算勾起总统的嫉妒心"。记者尤其强调了巴黎古董商人尽皆知的性取向。不管谁只要稍微打听一下，就知道夏尔对于男人有着鲜明而专一的口味。只有那两个穿风衣的侦探（因为他们太蠢了）以及她的丈夫（因为他太爱女人了）才会忽略这个细节，才会以为卡特琳娜找了夏尔做情人。

当天晚上，在爱丽舍宫迎接俄罗斯总统的晚宴上，她一袭长裙，穿过庄严的长廊，来到亨利身边。这位一脸沮丧，仿佛在抱怨她没有给他戴绿帽子。她在那里偷偷窃喜地度过了她的第一千次国宴，一顿像酒店学徒般谨慎的晚宴，晚宴上没有一朵花有皱褶，没有一句话会大声说出，动作是被设计好的，反应是奇怪的，是蜡像们参加的在高大天花板和宏伟地毯之间的一顿晚宴。

招待晚宴结束后，他们回到自己的公寓，一到楼梯上只有他们俩时，他试探地问道：

“你是怎么忍受我有情妇这样的事的？”

“我太高兴有其他女人来完成我再无兴趣去做的事。”

他停下脚步看着她，握紧拳头忍住了自己的冲动。

“你知道，对于这样的回答其他男人早就一巴掌抽上来了。”

她点点头，疑惑道：

“也许吧？但我会对另一个男人说这些吗？”

他凑近她，威胁道：

“为什么你不离开我？”

“这太遂你愿了。”

“那你呢，难道不也遂你愿吗？”

“我的复仇决定了我要同你待在一起。”

“可是那样，你就自由了！”

“你也自由了。你有能力比我更好地利用你的自由，我亲爱的亨利。所以我宁可献出自己不让你自由。在自我牺牲这方面，我一向做得比你好。”

她是真诚的，她挑衅似的对他保持忠诚，一如他担任总统初期那样。一位圣妇，无法抓住她的把柄。从来没有一个女人花这么多功夫就为了不去背叛她丈夫：如果说之前是出于对他的尊重，现在则是为了羞辱他。

他加了一句：

“你太邪恶了。”

“很可能。亲爱的，是不是因为这缘故，我们从前才相互吸引？”

他们进到屋子里，亨利锁上了门。一直到第二天早上，他们再也没有说过一句话。

第二天，阳光照耀在爱丽舍宫的草坪上，仿佛一个奇迹般的应许。

与他平时的习惯不同，亨利坚持与妻子共享早餐，他让人送来两个托盘，亲自摆放在餐厅，忘了头天晚上的剑拔弩张，对她好声好气说道：

“卡特琳娜，一年半后，要开始新的总统选举。我打算争取连任。”

“不出意料。”

“你觉得怎么样？”

“你的连任并不十拿九稳。”

“我知道，我要搏一下。”

“怎么搏呢？再来一场袭击？你不能再冒一次险。”

他的脖颈僵直了，恨恨道：

“我不懂你什么意思。”

“当然了。”

一阵沉默。每人都花了一分钟专心对付最主要的任务，在面包上涂上黄油和果酱，小心不落到桌上或沾到手指上。

他装着什么也没发生，又开口道：

“在这第二任选举开始之前，我建议我们还是分居。”

“为什么？”

“你认为呢……”

“你选择的是一场很大的政治冒险，我亲爱的亨利。”

“变成一位离婚的总统？社会习俗早就变了！”

“是意想不到将造成更加严重的后果。一直以来，报纸、广播、电视，所有人都相信我们之间的完美爱情。‘爱情典范’，这是我们的传奇。结果发现这是假的，是诱饵，是烟云，这会在你的选民中造成不信任感，尤其对那些摇摆不定的人：莫雷尔总统有没有对我们撒谎呢？在他对我们说过的话中，有什么是真的呢？最后，他的纲领真的有这么好吗？他的所作所为会不会就是一场公关秀？”

“我无所谓，我受够了。”

“受够了我？”

“受够了你！受够了我们！”

“有没有哪位新的情妇做梦都想着把我推出门外？”

“没有！”

“那又是为什么？”

“我不能忍受你看我的目光。”

她大笑起来。

“这是肯定的，我看到的是你本来的样子，实在是很丑。”

他气歪了脸，咽了口吐沫，掌心抵着桌子强压火气，总结道：

“你愿意考虑我的建议吗？”

“早就考虑过了：我拒绝。”

“为什么？”

“我找到了自己的路。在发现不再爱你后怎么办呢？恨你，这对我很合适。”

“卡特琳娜，我再也无法忍受你在我身边。”

“然而你必须习惯于此。让我给你捋一捋形势。首先，只有在我同意的情况下，你才能谋求新的任期。”

“你说什么？”

“我必须闭上嘴巴，让那些讨厌的秘密烂在肚子里，不去絮叨发生在富尔米翁大街的袭击案。”

他的身体动了一下，仿佛有人在他肚子上捶了一拳。她在肯定他听进去了后，继续道：

“其次，在这第二个任期，我还将在你身边。‘爱情典范’，别忘了哦！”

他吞下一口咖啡，目光越过咖啡杯，似乎有了几分杀气。

“你这是在搞什么鬼？”他问。

“为了让你为自己的所作所为付出代价，你对我做的，对我们女儿做的，对你的原则做的，对我们的生活做的，对你的司机做的。”

“你疯了，卡特琳娜。你不再是我老婆，倒是成了神圣的正义女神。”

“完全正确！”

她站起来，转过身，离开了屋子。

接下来的那星期，发生了点意外，一开始她还没太注意。当她周末去阿尔卑斯山科宁那里女儿寄宿的聋哑学校时，车刚开出几公里，司机便停下检查刹车装置，因为后者似乎出了点问题，汽车修理工后来证实了这一点。卡特琳娜赞扬司机及时发现了问题，否则那些盘山公路对他们来说将是致命的。

然而十天后，她去听一出几被遗忘的十九世纪喜歌剧《黑色的多米诺》，在从贡比涅大剧院回家的路上，发生了车祸。

凌晨一点，在空荡荡的巴黎，马丁所驾驶的豪车沿河岸地下通道驶向阿尔玛桥时，一辆白色汽车开着晃眼的远光灯从后面蹿上来，令人不安地、没来由地紧贴着他们的车，迫使马丁不得不加速。突然另一辆逆向行驶的汽车之字形地冲过来，迫使马丁不得不盯着它，不到一秒钟，总统的豪华专车就撞到了一根大柱子上。

在一阵咔啦啦的巨响和折叠的钢板中，马丁痛得大声叫喊，坐在后排的卡特琳娜感觉膝盖被撕裂了。

救援很快到来——消防员，救护车……大家把困在车里的人救出，他们都受伤了，但神志还清晰。

在去医院的路上，卡特琳娜很快知道她能挺过去，司机也可以。然而她却无法放心，因为她自此看出了真正的危险所在：亨利！

随着警笛声穿破巴黎宁静的夜，卡特琳娜意识到她处境的凶险：亨利下命令干掉她。因为不管对他的下一次选举还是可能的连任，他都不想再让她待在身边，他不再有任何踌躇。在经过萨伯特慈善医院急诊厅时，她舒了口气，为被送到一家公立医院而安下心来，要是被送到一家私立医院，她很可能就被扣为人质，不得不听从他的摆布。

最顶尖的创伤科专家给她做了检查。人家给她注射、吸氧、抽血，然后告诉她要立刻为她的腿做手术。

她醒来时看到的是亨利的脸，在她上方俯身关切地看着她。

他很快露出笑容，抓起她的手，抚摸她的太阳穴。恐惧加上昏沉，她随他摆布。他在说话，她哼哼几声作为回答；他趁此机会开始他动人的长篇独白。在她感觉没完没了的一段时间里，他表达了作为一位模范丈夫的震惊、关切，似乎他非常害怕失去她，似乎她在他眼里还十分重要，似乎他是一直爱她的。他毫不羞愧地向她承认，看到她如此虚弱、与死亡擦肩而过的状态，他意识到他们这几个月的怄气、争吵和疏远是多么荒谬。作为他真心实意的保证，眼泪在他略带东方式的眼眶里打转。一直沉默地躲藏在自己痛苦后面的卡特琳娜几乎不敢相信自己的眼睛：他怎么可以欺骗人到这种地步？即便是她自己也做不到。杀人凶手可以完美地装出一副受害者的表情、念头和情感！多么好的演技……她由着他完成表演，因为她既没体力也没精力做出反击。

以后的日子里，他继续扮演着忧心忡忡好丈夫的角色，有时候是单独与她在一起时，有时候是在一些关切的见证者面前。然而等她稍稍恢复精力后，她便趁他们单独相处的机会问亨利道：

“你到底想走到哪一步？”

“你想说什么？亲爱的？”

“为了权力，你到底要走到哪一步？”

“你在说什么？”

“直到要干掉你妻子？”

“你遭遇了一次车祸。”

“一周两次，有点蹊跷，不是吗？先是刹车出了问题，然后是一场围捕。”

“你结论下得太快了，调查还在进行当中，会水落石出的。当我们找到那粗心大意的司机后，会把他送到法庭的。”

“人家找不到他的。”

“为什么？”

“因为人们总是会失去秘密特工的线索，或者卷宗会被冠以国家机密。”

“我不明白。”

“两场紧挨的车祸让你的妻子陷入生命危险中……我猜你会

说这是巧合，是祸不单行？再说了，我唯一想知道的是你的意图，你是想干掉我？如果是这样的话，你的特工是群废物。或者，你只是想吓唬我？如果是，那这招奏效了。这算是恫吓成功还是袭击失败？”

“我可怜的小亲亲，你还处在惊吓状态。”

“是的，然后同心理医生一道借口我疯了，来了结我。腿在石膏里，剩下的部分在化学束身衣[①]里。这是我至少能得到的待遇吧？”

“卡特琳娜，我认为我们刚刚经历过的充满猜忌、仇恨的可怕一页已经翻过去了。”

“这场罪行对谁有利？对你。”

“没有什么罪行。”

“那就是对其他人有利！”

“听着，卡特琳娜，我梦想过，希望过，不断努力过，但我们再也无法相处。等你从医院出来，我们得摊开我们的问题，讨论并找到解决办法。”

“离婚？休想！休想，你听到吗！你休想威逼我离婚。”

---

① 这里是指抗精神病的药物。

因为她大声叫喊，他一下子挺直身体，十分紧张，生怕他的秘书在走廊里听见她叫喊的“离婚”两个字。他看了看她，脸上的表情交织着害怕和同情：

“明天见，卡特琳娜，抛开那些可怕的怀疑，好好休息吧。”

他断然离去。

卡特琳娜一个人待着时越想越害怕。怎样逃脱他呢？这里，在医院里，她一点都不怕，一旦出院，她将重新身处险境，成为执行她强硬丈夫命令的秘密特工的目标。

恐惧也能急中生智，她找到了一个办法。她立即要求在医院剩下的三天时间里，接待尽可能多的朋友和熟人。她的几通电话卓有成效，有四十多个人来探望她。亨利每次来都看到有一堆人陪着她，他以为她改变了态度，为此感到高兴。

最后，在出院的前夜，黄昏时分，总统终于找到一点与她单独相处的清静时间。

卡特琳娜朝他送去一个大大的微笑。

“我很高兴可以回家，亨利，是的，很高兴。”

“哦，那就最好了。”他说道，没有掩饰他的如释重负。

“之前，我害怕离开这里，因为我知道会落入那些要我命的人手里。现在我放心了。”

“你精神错乱的胡思乱想消失了，我很高兴看到这样。之前我很担心。”

她观察到他看上去很真心。他真是个十分了得的演员……

“是的，我可以毫不担心地回到爱丽舍宫了。相反，是你应该感到担心。”

“你说什么？”

“担心我会遭遇什么不测。”

“我当然会担心你遭遇意外，这不是什么新鲜事啊。”

“不不，你要比以前更加担心。因为这几天，利用探访时间，我做了些准备。从明天起，如果我受伤，就会有封信公之于众。一封放在可靠地方的信，在国外，远离你的特工和军队助手。信里我叙述了富尔米翁大街的袭击案——我所知道的一切，就是说很多细节——以及后来发生的一连串事故，加上我对这些事故始作俑者的小小分析。如果我遭遇不测，随着我的信被透露到媒体，没人怀疑这次定会有一场严肃的调查，一场你无法操控的真正调查。”

“你疯了！”

“如果我遇到什么意外，你也完蛋。”

他们带着仇恨相互凝视着，这感觉与欲望一样强烈，同爱情一样浓烈。这让他们回想起从前，在他们关系初始时彼此的重要性。区别在于现在他们的情感指向是巴不得对方去死，而非指向一个共同的未来。

医生进来，站在两个神情紧张的人面前，还以为自己打断了他们热烈的体己话，清了清嗓子道：

“请原谅我打搅你们了，总统夫人和总统先生。”

卡特琳娜立刻露出迷人的笑容，用热情的语调说道：

“请进，瓦朗西埃纳教授，请进。”

为了不落下风，亨利也立刻表现得和蔼可亲。向这位主任医生致意后，为他拖过一把椅子，让他也坐在床前。

医生显得有些为难，迟疑不决地后退一步。

“是这样的，总统夫人，总统先生，夫人被送到急救中心时，我们对她做了一系列检查。对于车祸造成的损伤和后遗症，我想我们医院有足够的把握，您可以恢复以前的生活。可是在检查中，我们发现了其他问题。”

总统示意医生坐下，后者再次拒绝，对卡特琳娜说道：

“很不幸，我们现在要涉及一个更严重的健康问题。血液检测结果显示有肿瘤出现。”

“肿瘤？”

“肿瘤……”

“您是说癌症？”

教授点点头。

卡特琳娜与亨利心情复杂地对视了一眼。

亨利猛然站起，用不容置疑的口吻要求一个坦率的回答，立即。

“很严重吗，医生？”

瓦朗西埃纳咬住嘴唇，眼睛看看左侧的墙壁又看看右侧，似乎在寻找某种启示而不得，只好盯着自己的白鞋子回答道：

“令人担忧，十分令人担忧。”

没法回答得更好。

总统忍不住骂了句“见鬼！”——他的口头禅，卡特琳娜则晕了过去。

卡特琳娜的健康迅速恶化。

回到他们在爱丽舍宫顶层的复式公寓，有一段时间她还抱着痊愈的希望，尽管检查显示病情发现得太晚了，并急速加剧。

化疗使她极度虚弱，丧失食欲、大把脱发。专科医生停止追击侵袭全身的转移病灶，决定中止一切治疗。因为治疗的中断，卡特琳娜明白她再也好不起来了，她反而感到一种奇怪的平静。

“如此，这就是我的命……我的结局就是这样……现在……”

在对于死亡的恐惧中，可以区分出三种不同的害怕：不知死期到底是哪天；不知死亡方式会如何；不知死亡本身会怎样。对卡特琳娜来说，两种元素已经确定：她将很快油尽灯灭，死于肿瘤全身转移。所以恐惧就在于不知死亡到底是一种什么状态，不过她从孩提时就信教，所以并不害怕这份神秘。当然，她对此一无所知——并不比别人知道得更多——但她有信心。

亨利坚持把她留在爱丽舍宫，留在自己身边，也便于朋友们经常来探望她。

大家都对她顺从的温和感到吃惊，包括她丈夫。这份平静源自她接受了自己的癌症。有一天她问给她注射吗啡的年轻护士：

“如果我早一点说出来，早一点把憋在心里的东西吐出来，是不是就能避免得癌症？如果我用语言解脱自己，也许这种疾病就不会在我身上发展？”

“癌症，这是一种意外，夫人。”

“不，这是一种结果。癌症有时是一些太过沉重的秘密所选择的表现形式。”

当然，她并不能肯定自己一定有理，但是这个视角让她接受并认可遭受这一切的是她，就是她，只能是她。她的癌症远不是来自外界的侵袭，而是从她自己的身体、灵魂中生发的一场事故。

总统的公关部主任里戈不怀好意地转来转去。因为她知道他最讨厌病人，连自己的亲生父亲在医院弥留时他都不去探望，她很怀疑他是出于其他动机，而不是出于同情来邀请她一起喝茶放松心情。

“我有点事想请求您，”他说，“总统先生应该亲自来做这件事的，但是因为他深受事件的打击而不敢提出来。是这样的：我们可不可以把您的状况……以及您遇到的困难……公之于众？”

她没好气地盯着他。她刚刚有点驯服自己的疾病，他就要来盘剥它。

“为什么？”

“总统即将投入连任的竞选活动，而人们开始议论您的缺席。有人说您反对连任；有人窃窃私语说你们夫妻之间出现了问题；还有人说您和纽约的某个画商有染。”

她忍不住笑了起来。

“哦，可怜的夏尔……巴黎古董商人，现在变身纽约画商，而且他跨越大西洋后变成了异性恋！谣传可真是厉害……”

里戈有点尴尬，只得强调说：

“是的，夫人，谣言甚嚣尘上，一个比一个荒诞，而且总统凝重的神色也加重了可信度。所以我来请求您公开真相，对您自己、对总统、对你们的模范婚姻都是一个交代，让这些乱七八糟的传言消失吧。”

她考虑了一会儿。

“人们会被感动吗，里戈？”

“大家都非常喜欢您，夫人。等待您的将会是很多的热情和忧伤，您会被淹没的。”

“不，我想说的是人们将再一次被亨利·莫雷尔感动，这位勇敢正直的亨利·莫雷尔；这位第一次选举时遭受袭击的幸存者，在第二次选举之前高尚地陪伴着临终的妻子。”

“确实，命运之手没有放过可怜的莫雷尔总统。”

“您相信自己说的话吗？里戈？”

他并不退缩，强硬、坚定地看着她，最后选择不说谎：他保持沉默。

她点点头，接受了这种沉默，同时表示出她并未被骗过，她知道许多事情……

一分钟过去了，两人谁也没有动一下。

“我同意。”她最后说道。

一小时后，从里戈那里得到消息的亨利冲进自家公寓，满怀热情地称赞道：

“谢谢，卡特琳娜。所以你接受我参加第二任期的竞选？”

“我有权阻止你吗？”

他有点不知所措，心想也许是药物治疗的缘故，她忘了她曾经的威胁。他温柔地靠近她，抓起她的手：

“你能告诉我你的想法吗？”

不，她不能。她也不再清楚，一切都变得有些模糊。泪水涌上了她的眼眶。

亨利拥抱了她，把她久久搂在怀里。随后感觉她的身体松弛下来，她已昏沉睡去。他让她休息。

疾病完全改变了他们的相处：攻击性失去了地盘。

卡特琳娜接受了自己悲剧性的命运，不想再折腾。折腾不但不符合她的本性，还让她想起得知患癌症前的几个星期。她隐隐将讽刺挖苦、刻薄语言与自己身体的每况愈下联系起来！

卡特琳娜强迫自己沉默，亨利则采取选择性遗忘：他装着

"仿佛"，仿佛她从没有展现过对他的蔑视；仿佛她从没威胁过要曝光她所知的有关富尔米翁大街的袭击事件；仿佛她从没有在国外留下一份会危及他名誉的遗嘱。由于竭力遮盖这些往事，他几乎要怀疑它们是否真的存在过。他紧紧抓住模范丈夫的职责就像落水之人抓住救命稻草。这是他的救赎，是他想要制造的现实。"把戏演好，"他常常喃喃自语，"融入角色，别流露出丝毫担忧或者内心的纷乱。"

他没有道理吗？有时候形式能救人。当混乱无序威胁到我们时，唯有表象能阻止我们在混沌中坠落；表象是强大的，它能立得住脚，也能拽住我们。"不能沉沦，"他不断重复道，"不能垮掉，不能向恐惧让步，既不让步于她所承受的恐惧，也不让步于她强加给我的处罚。"

他们不知道他们在想些什么，不知道自己、也不知道对方在想些什么。灾难打乱了他们牌桌上的牌，这原是场他们不知游戏规则的牌局。然而疾病给他们两人都带来了意想不到的智慧：活在当下，懂得好物易逝，只信暂时。至此，他们每天面对一座高山而不去想第二天的攀登。即使他们之间的许多小问题依然没有解决，他们忙着关注眼下的事，不去想之前的事。

媒体公布卡特琳娜的病情，就如一次火山爆发。广播、报纸、电视一周来只讲这件事。她是那么深得人心，或者说深受爱戴。卡特琳娜有时感觉简直在读她的葬礼颂词。有时，媒体的称颂满足了她的自恋；在那些翻拍的旧照片或电视台挖出的资料片中，她常常觉得自己挺漂亮，甚至是十分漂亮，尤其是最近几周她的美貌正遭受摧残，更显出当年的美丽。当她突然发现在为自己的美貌沾沾自喜时，不禁有些脸红，随后又释然：反正她还剩多少可自我满足的乐趣呢?

然而，当她发现狗仔队日夜守候在邻近的街道上，守在她通常进出的、花园尽头名为公鸡门的那个入口，甚至爬上围墙，试图用长焦镜头偷拍到一张第一夫人的病容，她召见了总统的公关助理。

“亲爱的里戈，”她说道，“得让那些记者们罢手，要不然等我死的时候他们就没有弹药了。”

里戈吞下他的蛋糕，保证会把大家的关注转移到总统身上。

确实，在总统的竞选活动中，他的尊严、勇气、进行无数次抗争的不可思议的力量，吸引了全部的关注度。因为政治人物总是露出三十二颗牙齿微笑，人们很高兴能拍到他双唇紧抿、眉头深锁、目光沉重的照片。

只要有可能，他就来探望她，与她共度一些时光，比她想象的多得多。有时只是默默地，有时伴着他精彩的自言自语。他给她讲述他面临的对抗，他的计划，他的意愿，他的对手们的沮丧。她很认真地听着。

终于有一天，卡特琳娜的主治医生提出把她安顿到一家更适合处理她虚弱状态的专业医疗机构，亨利想要提出异议、反对；她则点点头表示同意。

他们出发后，她就琢磨他这份拒绝的含义：他是出于关爱想把她留在身边，还是担心她远离后无法再控制她？

她朝“丽达之家”驶去，那是一家掩映在鲁瓦雷绿色大自然中的医院，一座极漂亮的建筑矗立在长着百年大树的公园中心，那里还生活着无数蜜蜂——宣传资料的折页上这么写道。

因为总统是坐着豪华专车陪她一起来这个新地方安顿，当他看到入口铁门上方那几个涂着金粉的字母时，非常不悦。

“丽达之家！这是什么品位！用丽达这个无望之业的守护神来命名一家医疗机构！”

“亨利，我不是容易被骗的，”卡特琳娜喃喃道，“我知道这是个姑息治疗医院，接待临终病人。”

“可是……”

“我知道我永远也不会出去了。”

“别这么说。”

“就是这样的。所以，‘丽达之家’我觉得挺好的。你知道丽达的故事吗？”

汽车在小径上前行，被碾过的碎石时不时轻轻弹跳，亨利有些惊讶地打量着妻子，心想她是不是在嘲讽我呀。谨慎起见，他用中性的口吻答道：

“不，我对圣徒传记了解不多。”

“在成为乱七八糟的宗教物品之前，丽达是个女人，真实存在的女人，十五世纪的一名意大利女子。她做到了一些不可能做到的事：和解了两个有充分理由相互仇恨的家族——她丈夫的家族和刺杀她丈夫的凶手的家族。没有人比她更合适来缓解这种仇恨、狭隘，来拓展爱意和原谅。她生着病（额头长着个脓包），但一直活到高龄，充满善意、活力和乐观精神，为她周围的人带来善良。”

“你竟然知道这些，卡特琳娜。”

“我们可以不相信天主教的那些圣人，但至少得承认圣人的称谓没有落到那些最坏的人身上。”

“好吧。”

“谁知道在叫这样一个名字的房子里会发生些什么？”她补充道，一边摇下车窗，贪婪地感受着簌簌作响的树叶，树底下新鲜泥土的气息，路边茁壮成长的郁金香。

莫雷尔总统把这句话理解为渴望痊愈的许愿，心里充满对一个还抱有幻想的垂死者的怜悯，不愿把谈话再进行下去。

背靠高大的橡树林，耸立着一座白色的庄严建筑，半是庄园半是城堡，有着宽大的台阶，饰有石雕狮子的楼梯，盾形纹章的大门。机构负责人，一位金发女士，已经从门口看见他们的到来，她手下的工作人员都立在台阶上恭候，就如从前城堡的仆从全体出动等待主人的回归。她对着总统和第一夫人连声道“非常荣幸”，面对这严酷的现实，她表现出行政官员视察的神情，当她带着仿佛刚发明了奶油小点心的自豪神情给亨利和卡特琳娜介绍一大桌当地土特产时，他们俩会意地交换了个眼神，差点没笑出声来。他们已经有很多年没有碰到这样的场景了。

他们把卡特琳娜安顿在一间宽敞的病房里，窗子正对着公园。然后总统离开，他的职责在召唤他呢。他在她的额头上亲吻了一下，保证会很快回来看她。

尽管他的愿望出自真诚，但这三天来他一直没有机会来。竞选活动越来越紧锣密鼓，他必须付出时间和精力来应对这场新挑战。因为他每隔两小时都会收到有关卡特琳娜的消息，他得知卡特琳娜要了一本空白笔记本并开始写东西。

他明白发生了什么事。

“完了，她肯定是在写一份用以损害我的忏悔录。我必须立刻到她那里去，并经常见到她。我去得越少，她给我的罪名越重。”

即使深信他的在场能限制一点儿她的刻毒，他却抽不出所需的三个小时，这天不能，接下来的三天也不能。

周日，一架直升机把他送到“丽达之家”。

阿谀奉承的女院长被这种到达方式惊呆了，扭着身子把他带到他妻子的房间。当她推开房门的时候，他屏住了呼吸。

坐在书桌前，俯身于笔记本，卡特琳娜变了。她之前一直是漂亮多过美丽，有着迷人的脸蛋。如今在疾病侵袭下，脸颊凹陷，眼圈发黑，脸上蜡似的苍白，却蒙上了一层别样的美丽，一种缓缓的、高贵的、神圣的、难以描述的美丽，给人深刻的印象而不只是愉悦。而他与她日常相处时却一点没注意到。亨利意识到她身上产生了巨大转变，这个女人已经部分离开了包裹她的肉体，抛弃活人的尘世。

“早上好，亲爱的。”

她花了几秒钟才有所反应——她身上一切都变缓慢了——转过身，看见亨利，朝他笑笑。总统感觉她的迎接应该是真诚的。

不过一等他靠近，她就用手盖住她刚刚写的那几页，不让他看见，合上本子放到腿上。

这个动作让亨利很沮丧。这样，他的怀疑没错：她在报复。

在一个小时里，他跟她说话，解释自己没能来的原因，带点幽默地详细列举他这一周的繁忙。尽管十分虚弱，她很用心地听着；尽管没有力气放声大笑，在听到她平时肯定会笑出声来的地方，她会挤挤眼睛。

他嘴上说着那些逸闻趣事，心里却只想着那本笔记本。为什么他没有勇气拿过来或同她说说这事？

突然，他用手指着她说：

“你在写东西？”

卡特琳娜的脸露出一丝微笑。

“你在写些什么呢？如果我能这么问的话。”

她犹豫了片刻，寻找着用词，然后很高兴找到她要的词汇。

“这是个秘密。”

他未带敌意，温和地坚持道：

“我可以分享这秘密吗？”

她重又不安起来，转过头看着公园的落日缓缓道：

“如果你可以分享，那就不再是一个秘密了。”

他咽了口吐沫，克制住恼怒，继续用一种知心的语气道：

“有朝一日，我可以看到吗？”

卡特琳娜的眼里闪过一丝光亮，抿抿嘴，有些苦涩。

“可以。”

沉默愈甚。窗外，天开始黑了。敞开着的窗户，传来黄鹂的鸣叫声和鸟喙啄树皮的声响。人们呼吸着这远离一切的静谧和天然公园带给人的放松。

亨利没有开灯，让黑夜一点点淹没房间。说到底，暮色再现了他们的爱情：曾经光芒无限的爱情变得阴森、黏滞，黑暗碾压着他们。

他在她额头上亲吻了一下，离开。

周一早上六点，在极度隐秘的情况下他召见了机要部门的头目雷诺将军，承认了他经过一番掩饰后的担忧：他担心病重的妻子在药物作用下，在纸上写下一些容易被误读的内容，甚至有可能被他的政敌利用。将军立刻派人到那个疗养院设法取回那些文字。

放下心后，总统候选人莫雷尔又投身于他的职责。

接下来的几周，他忙得分身乏术，从会议室到电视台演播室马不停蹄，接受与对手们乱哄哄的辩论。尽管心有愧疚，他也只去看了她三次。每次探望，他都心情糟糕，所以显得有些生硬，不够温柔。鉴于注意到她的身体每况愈下，他愈发显得焦躁。尽管她看上去没有不快，但他知道自己冒犯了她、刺激了她，促使她在写作中变本加厉报复他。

选举的那天到了，第一轮亨利·莫雷尔得到44%的选票，虽然还不够赢取选举，但足以昭示第二轮的优势，因为四分五裂的对手阵营缺乏无可争议的领军人物，每个人只能说动10%的选民。这些数据足以让人认为选情对他有利。

他鼓足干劲投入选战，忙碌让他从对卡特琳娜的临终及其后果的担忧中抽离些许。

第二轮选举的那个周日，亨利·莫雷尔以56%的选票赢得了总统宝座：一场完胜！他的总部沸腾了，他的政党一片欢呼，人们冲上大街又唱又跳，挥舞着旗帜。他则必须坐着他的敞篷汽车来到香榭丽舍大街向为他欢呼的人群致谢。

然后他被呼唤到镜头前评论一番这次全民投票，他努力保持一副沉重的表情，不愿让人们几天后在卡特琳娜的葬礼上指责他的欣喜。让他意外的是，保持这样的庄严和内敛并不困难，他确实沉浸其中。夜里，他与支持者们一起庆祝了胜利。

凌晨，他独自在爱丽舍宫的公寓里，站在镜子前端详赤裸的自己，没有好感也没有沾沾自喜。他花了几分钟时间来分析自己的心情：他不愿意卡特琳娜死去，不管是出于善意的还是不那么善意的理由。善意的理由是，看到妻子被疾病一点点吞噬，他感到一种深深的忧伤，比他自己预想的更强烈。不善良的理由是，卡特琳娜的死意味着真相的曝光，富尔米翁大道袭击案以及其他一些有损名誉的细节将大白于天下，所激起的轰动很可能葬送他看上去那么美好的政治前途。

下午当他赶到“丽达之家”时，卡特琳娜刚刚陷入昏迷。据一直陪伴她左右的红头发护士说，她昨晚在电视上观看了选举的画面，她哭了，后来就睡着了。早上她就意识不清了。

一位大夫来确认说，她不会醒来了，致命的那一刻会在四十八小时内发生。

收到这些可怕的消息，亨利只是点点头，完全是机械的动作，他处于深深的震惊中，什么也感受不到。

女院长用干巴巴的声音和空泛的行政权威对他重复别人早已说过的话，他一直听到想吐。他终于利用和卡特琳娜单独相处的一点时间，在房间里寻找那个笔记本。

徒劳。

他有些惊慌，指望雷诺将军派来的特工在他之前已经搜查过，怎么才能确定呢？

晚上回到巴黎，他秘密约见了雷诺将军。后者承认说，派去的人员潜伏在厨房里，一个月来一直找不到机会对那笔记本下手。卡特琳娜通常把它藏在床垫下，而今天早上，当人们宣布她昏迷后，那人再也找不到那笔记本了。

亨利感觉脚下的地塌陷了。

第二天他借口要守着卡特琳娜，又回到了“丽达之家”。中午时到行政管理处兴师问罪：他夫人随身的笔记本到哪里去了？这本东西应该立即交到他手中！奴颜婢膝的女院长立刻下了一道命令，花了几个小时时间把大楼和工作人员的文件柜里里外外翻了个遍，还是没有找到。总统坚持要审问每一个人：他见证了这些约谈，觉得没有找到任何线索。最后一名护士到场时，他正要暴跳如雷，这时医生突然冲进办公室宣布他妻子的去世。

卡特琳娜走了。

就在这一刻，亨利坠入到一条冰冷的隧道，几个星期都不能走出，他知道自己输了。

在爱丽舍宫，他利用人们以为的“他的震惊”，抽身治丧委员会。里戈应付这种场合得心应手，在巴黎圣母院组织了一场盛大的追思会，由教堂正面的巨大电视屏幕和法国人家里的电视机直播。

戴着闪亮头盔的卫兵护送纯种马载着的覆满白色玫瑰的棺椁，一直来到大门前；随后由美术学院的年轻艺术家们将棺椁抬入教堂中殿。斯坦梅兹主教以钢铁般的信仰、黄铜般的嗓音主持了弥撒，期间依次有合唱、最出色的女歌手的独唱以及交响曲。莫雷尔总统——他鼻子上审慎地架着眼镜——被邀请到祭台前做一场演讲。名义上是他讲，实则由爱丽舍宫雇用的最出色的文字工作者撰写。这一次没人会指责他的抒情和饱满情绪，在念到最后的篇章时，他自己也被撰稿人的忧伤打动，被教堂穹顶下弥漫的情绪感染，亨利并未在上千眼含热泪的受邀者面前掩饰他在竭力保持着尊严。当他们的聋哑女儿用手语、表情和动作构成的演讲来追思她的母亲时，尽管没人看得懂具体说了些什么，但所有人都被她热切的表达深深打动。不语的孩子默默对着肃穆的棺椁表达哀思，成为这场葬礼最高潮的部分，人群爆发出阵阵掌声。亨利有些羞愧，低下头。他想卡特琳娜一定不喜欢这暴露癖的一幕。

几小时后，当黄土掩埋了他的妻子，亨利又想起等着他的那些麻烦：选举操控的揭露，名誉的丧失殆尽，司法追究，选举结果的撤销。

尽管他派出特工人员追踪笔记本下落，但没有任何收获。特工搜查了她的朋友们的公寓，包括古董商人夏尔以及他们的聋哑女儿，但笔记本还是杳无踪迹。

亨利没有对里戈也未对雷诺将军坦白过他担心这份手稿里有着要命的内容。他同样隐瞒了他与妻子间的分歧，在妻子病重前及病重过程中他们的纷争。那两位也像成千上万人一样，还在信着“爱情典范”。

雷诺将军请求这位政府首脑接见他。

亨利把办公室的人都打发走，焦虑不安地接待了他。

“怎么样，将军，你拿到东西了吗？拿到了吗？”

“还没有，总统先生，但我们锁定了目标，这东西在加拿大。”

“为什么在那里？”

“一家出版社正准备印刷出版。”

“什么？”

“我咨询过法律顾问，没有把柄，一切合法。手稿被交到照料她的护士手中，附了一封第一夫人在公证人在场时封有火印的签名信。后者提示并公证了后面的步骤。手稿的发表似乎是她最后的意愿。”

“必须抗议，声称这是伪造的！”

“不可能，每份文件她都亲手签过字。而且医院所有人都看到她写了好几个星期。”

亨利把头埋在掌心。

“臭婊子，她想到了一切！”

雷诺以为自己听错了，尊贵的总统先生怎么可能这么称呼他最心爱的夫人。老军人咳嗽了一声，涨红脸，坐在沙发上浑身不安，为自己的误听而害臊。

“谢谢，雷诺，谢谢。请里戈核准你的分析，知道我们没有办法再干预……”

“我去执行，总统先生。”

他起身告辞。走到门口时，总统喊住了他。

“雷诺，那本书的名字是什么？”

“《我所爱的男人》。”

“《我所爱的男人》？”

“是的，很动人的书名，对吧，总统先生？”

为了快点打发将军，亨利点点头。

多么荒谬！《我所爱的男人》，一个动人书名？不，这是份沉重的包袱。还不如用《我曾经爱过的不再存在的男人》或《我曾经错爱的男人》。这个书名就是浓硫酸，是毒药，是世界末日，这本书向法国人民传递了一个清晰的信息：“你们所爱的这个男人错了，你们以为的这个高尚的、正直的、慷慨的男人其实是个混蛋。”对，这几乎就意味着《欺骗了你们的男人》！

“里戈！”

他在电话里叫喊道。几秒钟后，里戈气喘吁吁地进到办公室。

“里戈，去加拿大。不管你用什么办法，偷也好，收买也好，复印也好，立刻给我带一份这书的样本回来。立刻！”

三十六个小时后，里戈降落在鲁瓦西机场，为了抄近路到巴黎，他坐上一辆摩托出租，径直冲到总统办公室。

“先生，这是一本《我所爱的男人》的样本。”

“怎么样？”

“什么？”

“您看过了。”

“我没有权利，我没有得到指令，您不愿……”

“里戈，我了解您！您肯定看了！是不是？”

“是的，总统先生。”

“然后呢？”亨利咆哮道。

里戈的脸涨得通红，吸着鼻子，随后他眼睛看着别处说道：

“写得太好了，先生……太感人了！这是我所读到过的最美好的爱情见证。”

他从口袋里掏出一块抖开的潮湿的大手绢。

“请原谅，我只要想到这本书，就还要落泪。”

他红着脸，擦着鼻子离开了。

亨利有些困惑、迷茫，不安地拿起书来打开。

“在我等待生命终结的这个房间里，每一刻，我都感到欣喜。我的心是充盈的，我的灵魂充满感激。当然，我将不久于人世，但如果说我活过，如果说我经历过些许，如果说我经历过很多，这都归功于他，亨利，归功于他一人。”

“常常一想到我有可能不会进到巴黎那个小酒馆去买香烟，

有可能会避开他和他的大学生朋友们已然在重构世界的那张塑料贴面桌子，我就会颤抖。当我第一眼看见他……”

亨利一口气读下那一连串句子，直到最后一个字。合上书的时候，他不但像所有以后读到这本书的人那样哽噎，而且他开始眉头舒展：他重新找回了卡特琳娜，他重新钟情于她。

弥留之际的卡特琳娜谱写了一曲前所未有的完美爱情之歌，赞美这个独一无二的令她着迷、着魔、不断惊讶的男人，她所钦佩的勇敢、聪慧、坚定的男人。

我们的生命就是这样构成，是你投向它的目光让其变得可怕或变得令人赞叹。相同的事件可被解读为成功或是灾难。如果说在他们心生嫌隙期间，卡特琳娜把他们夫妇理解成是一种欺骗，那么她在生命的最后几个月重温了他们的生活，从中捕捉到了深厚的爱情。

就如某些神圣书籍的命运，是读者赋予它们意义。合上的书本是沉默的，只有当它被打开时它才会讲述；它所用之语言将是对其感兴趣之人的语言，染上他的期待、愿望、启发、心结、暴力、困惑等多重色彩。事实就如同书中的句子，它们本身并没有意义，是人们赋予其意义。卡特琳娜爱亨利是真诚的，鄙视亨利也是真诚的。每次她都根据当下的感受来安排过去。在死亡的门槛上，是爱重新占据了她。所以这根成为写作之线的缝缀她生命事件的秘密金线，是爱情之线。

在这本书推出并获得巨大成功后的一个月，与卡特琳娜有至交的那位护士被总统请到爱丽舍宫单独见面。尽管他表现得非常亲切——或许正因为他表现得太亲切，她请求他的原谅：不久前她欺骗了他，没有交出他在“丽达之家”寻找的那本笔记本，是为了遵循莫雷尔夫人的意愿。

“如果您知道她有多崇拜您，先生！她从早到晚一直在等着您，她只为您活着。知道时日无多，她定下两个目标：写这本书和不干扰您的选举。就是为了您，她一直坚持着，当她周日在电视里见证了您的成功，她哭着说道：‘好了，他赢了，现在我可以走了。’几小时后，她陷入了昏迷。只有超凡的爱情才能让她坚持那么久。”

亨利的最后任期，如果照时政评论家的话来说——怎么可能不是这样的呢？——给了所有人，包括他最难对付的对手，赞赏这个男人的机会。

不仅人们再也没见他有情妇，他还对逝去的妻子保持哀悼的状态。他的低调愈发突显他哀悼的真诚。照片、油画，卡特琳娜的形象占满了总统的私人空间，甚至在他的浴室里。他用自己的钱及在几位艺术捐助者的支持下，成立了一个基金会，“卡特琳娜·莫雷尔基金会”，用于资助已故者生前最大的爱好——当代艺术。通过购买、提供旅行、资助等方式鼓励年轻的艺术家们。同时总统似乎要弥补过去的时光，终于开始阅读她以前推荐给他的书。每天晚上他把自己关在他们原来的客厅，放上她最喜欢的音乐，喷上她选择的空气清新剂，把自己沉浸到这些书本中。在这些书页间，超越她的离去，他与她重聚，追随她——或是紧紧相连——与她对话。

这份彻底的虔敬之心甚至感动了国境线之外的纯洁灵魂。

有哪一种感情不会在表象上呈现出它的对立面，就如织物的衬里？有哪一种爱情可免于怨恨？温柔拂过的手稍后就可能抓起匕首。哪一种独占的激情逃得过愤怒？人们不就在冲动驱使下可以杀人吗？这种冲动又让生命传递？我们的情感不是变幻无常而是暧昧不清，根据冲击的不同，呈现或黑或白；在冲突中紧张，呈波浪状、蛇行，可以呈现最糟也可以呈现最好。

爱情在时间的隧道里迷失。他和卡特琳娜最初相爱，然后错失，再后来错位地相互珍视：当一个燃起激情，另一个却鄙视，而死亡消解了现实和它的缺陷。回忆得以纠正错误，抹去误会，重新构建。从此，对于亨利亦如此，爱主导了他，真诚地。

莫雷尔总统谢绝了第三个任期，退休，与往事结婚。这个了不起的男人孤独、平和、微笑着用剩下的时间来撰写回忆录。如果说政府首脑的回忆录通常总是详尽叙述他的雄心和政绩，这是第一次总统的回忆录只是单纯地向他所怀念的、无比挚爱的人致意——爱情典范。

写作日记

已经形成惯例，在我作品的第二版之际，我都会附上陪伴作品诞生的写作日记。我发现读者很喜欢看。这是我第一次试着在首版就添加这些内容，以下是我写作本书时的一些日记。

昨天早上，一个念头突然闯入我脑海，无比强烈，无比有诱惑力，如此无可置疑，以至在四十八小时里它毫不客气地占据了我，改变了我的计划、我的安排、我的疑问，牢牢控制了我的未来。它将我视作一名服从它的合作者。更糟的是，它还带着家人一起来。

于是我只是打开了门，就被囚禁了。我没有选择：我必须写。

这是个怎样的念头呢？一个男人在他的年轻时代忽略去救助另一个男人。这个行为让这“罪犯”发现了自己的残酷性，他为此自责，并彻底改变。二十年后，当他变成利他主义者和慷慨宽厚之人，他的受害者找到了他。受害者同样也发生了改变：他的痛苦让他变得记仇、刻薄、残忍……这两个男人的生活轨迹让他们的位置倒转：受害者成了个刽子手，加害者成为大善人。救赎与堕落相遭遇……会发生什么？

我一记录下这个念头，它的姐妹们蜂拥而至。人们因自身的选择或遭受的创伤而演变，这样一个主题，将我带入到另一些故事中。

今晚，我已经有了八九个这类故事，喜悦让我忘却了疲劳。

所以有一点是肯定的：这是一本自己要求降生的书。

*

与人们认为的相反，短篇小说集是一本真正的书，有着自己的主题和形式。虽然说短篇小说有着自己的自主性，读者可以分开阅读，但在我这里它们组成一个总体计划，有着开头，中间和结尾部分。

书的念头要早于短篇小说的念头，就是这念头在我的想象里召唤和创造着小说。

我就这样写成了《我们都是奥黛特》和《奥斯坦德的沉思者》。我不会捡一些散乱的花组成花束，我是根据花束去寻找花。

*

有时候我写小说是因为某个事件、某种起因、某个纪念仪式。这些短篇小说仍是飞散的纸片。如果有一天我把它们汇集到一起，我会命名为《小说汇编》以区别于我设计为整体作品的小说集。它们会留存于某卷书中，但并不构成这卷书。

*

《下毒的女人》……

一如既往，我笔下的人物会占据我。我就这样变身为老妇人，这我很熟悉；变身外省的连环女杀手，这我不太熟悉……那些黑色小说的作者是如何做到过正常生活的？我替我身边的人担忧……几天来我变得跟我的女杀手一样恶毒，我不再表现出任何仁慈，我用伤人的话语杀人，还为此狂喜。在厨房，我看到的不是油盐酱醋，而是一瓶瓶毒药。在给我的火腿肠加调料时，我想到的都是可怕之事。昨晚，我在吃一锅菌菇大杂烩时几乎有些失望，因为里面没一点儿危险东西。

即使我不在写作时，书中人物也不放过我。他不但附着于我体内（这个不要紧），并且附着到了我精神里。他动员起我身上所有像他的地方。如果我笔下的是个坏人，那他就增强了我身上的恶意。

在写作有关希特勒的那本小说《他人的一部分》时，我已经颤抖过一回……

这一夜，我思绪实在是太过混乱，为了平复自己，我想着要读读圣方济各[①]的传记……或卡萨诺瓦[②]的传记？

*

这些故事勾勒了人生经历过的道路，并设问这是自由之径抑或决定论的康庄大道。

我们是自由的吗？

设问比它的答案活得更好，比所有答案活得更长。因为我觉得不管面对什么事物，若用确凿无疑的态度来肯定，似乎都不够正当，要么显得粗暴，要么显得愚蠢。

当我们释放自己、犹豫不决、做出选择时，我们感觉自由。然而这种感觉难道不是一种幻觉？我们所作出的决定难道不是反正要做的？如果我们的大脑提供一个选项，难道不是它被设定如此吗？所以这会不会是一种坚定的必然性，只不过借用了自由选择的外衣……

---

① St François d'Assise（1182—1226），出生于意大利，是天主教方济各会和贫穷修女会的创始人。方济各会又称“小兄弟会”。圣方济各是动物、商人、天主教教会运动以及自然环境的守护圣人。

② 贾科莫·卡萨诺瓦（Giacomo Girolamo Casanova，1725—1798），出生于威尼斯，极富传奇色彩的意大利冒险家、作家，是18世纪享誉欧洲的大情圣。

哲学家选择笛卡尔阵营——自由是存在的——或斯宾诺莎的阵营——自由不存在——两相对立，难争胜负。为什么？因为他们用论据来争论，而不是用证据。理论对理论，结果就是：只有问题继续存在。

我承认我更倾向于被自由派阵营打动，比如康德或萨特。因为我有在生命中体验自由的感觉。另外出于道德上的理由，我需要相信自由：如果人类是不自由的，不是他自己行为的主宰并为此负责，那就没有了伦理和正义的根基；既没有惩罚也没有功德。人们会指责一块石头的掉落吗？惩罚它？不会。

然而，出于道德缘由需要自由的存在，并不意味着自由就存在。假设自由，并不能显现自由。

问题继续存在。

这就是人类境遇的关键所在：带着多于答案的问题活着。

*

这个十月，我去美国和加拿大英语区推介我的第一本短篇小说集《我们都是奥黛特》的英文版，这书经过翻译的魔法变成了《世界上最美丽的书》（根据最后一篇小说的题目），这肯定是世界上最谦虚的书名了。

书受到了极大的欢迎。瞧！这说明法国最近很有声望，因为极少量法文出版物在这里得到的接纳度反映着国际关系的好坏。我饶有兴趣地听说只有法国人会把逸闻趣事与哲学混在一起，会用轻松的口吻来谈论深刻而沉重的主题。今天人们赞赏这种做法，其他时期，人们批评我……

在书展期间，在一些我不得不借助美国翻译的公共阅读会，听众和读者的反应让我十分开心。他们会冲到临近的书店，有时书还不够卖。他们表示被我的细节描写深深吸引，实际上我书里并没有很多……不过我正是通过这些元素叙述一切。法国古老传统把“剑”称作“刃”，把“船”称作“帆”。人们把这种方式称为提喻法，以部分代指全体。在写作风格之外，我还把提喻法扩展运用到编剧和叙事过程。

确实，这种提喻法在盎格鲁-撒克逊世界令人感到惊奇，因为那里人们通常写大部头著作，一律厚书，充满细节和描写，是工作量巨大的收集研究工作的结果。在这些书中，各种信息可以洋洋洒洒发挥几百页。

我认为作家的技巧如画家的技巧一样，需要选择：选好合适的框架，确定叙述最丰沛的时刻，用很少的字说很多。

*

还是在美国……发现以前未知的书和作家让我体会到一种真正的幸福；我同他们一起手捧酒杯，重建世界、重新思考文学，仿佛我们只有二十岁……他们对于别人谦卑的礼貌和尊重，令我十分感动，启发我的灵感。

今天下午，在一间挤满人的演播厅，好几位作家依次朗读。朗读的片段十分优美，都是由美国或加拿大作家本人朗读，可我感觉还是没听过瘾，就如一顿营养丰富却还没吃撑的美食。

缩减到几页纸，任何片段肯定都不足以反映这些小说的全貌。而我则可轻松地上台朗读我的整篇小说并让听众很喜欢。

与美国人相处的妙处是，他们崇尚公平竞争。我的作家同行们一点不嫉妒我的成功，热烈地祝贺我。

我再一次觉得，还有很多东西要学……

*

在多伦多，我与一位文学批评家聊天，我们身旁是一堆堆混杂的书，由疯狂的营销推出的各种商业化小说、纯文学小说、体育明星或影视明星的小说等，后者不是因写作而出名，而是因出名才写作。这让我十分讨厌，我并不对他掩饰。

“您是如何选择和辨别这些书的？”我问。

“我数死亡的人数。”

“什么？”

“我数死亡的人数。如果有两个以上的死人，那就是一部商业小说；一到两个死人，那是文学作品。没有死人，那是给孩子看的小说。”

*

《回家》。

我是在离家很远的地方写这篇小说的，就如故事中的海员。我从一家旅馆的房间到另一家旅馆，因想念自己的房间而备受折磨。在急迫等待与它们重逢的过程中，我为它们写了这篇小说，以期在我回家的时候，或许它们能猜到我有多么想念它们，多么爱它们，尤其是我多么愿意更好地爱它们。

埋头耕耘让时间过得很快，时间的测量变成一个个句子，从来不会有相同的长度。

要是我能像打磨小说那样耕耘我的生活，也许我能变成一个出色的人……

*

我一直怀疑温哥华是否真的存在。

位于西方的西方，在美国的另一头，而美国本身已经在大洋的另一端，这座城市曾经是一个抽象的、富于想象的地方，就如数学中的无穷数。温哥华对我就如一道地平线，像所有的地平线一样，随着人的前进而后退。那是最极限的西方，遥远的西方。

遥远的西方比东方更远，因为是人类的梦想和决心推动他们冒险前行到那。所以我很难想象那里有真实的街道、真实的人、商店、剧院、当地报纸。

我现在就在格朗德维尔半岛，一个亚文化区域，在一些玻璃幕墙的大楼对面，墙上映照出飞快移动的白云。

我立刻喜欢上这个地方。我喜欢这里长着如此不同的脸蛋的读者，他们本身就是一本本书，因为所有人都代表着一部小说，他们来到此地的经过，他们外貌的历史——印第安人、亚洲人、斯堪的纳维亚人、德国人、英国人——就是他们生活经历的重现。

我是那么喜欢温哥华，所以我要把它写入我的小说，它将是《回家》故事的发生地。

*

回到欧洲后，我完善了头两个故事。

有一天我看到有人对短篇小说冷嘲热讽，仿佛这些短小的故事表明作者的懒惰或疲态。我思索着这种艺术形式在法国很少得到尊重，尽管我们有过莫泊桑、都德、福楼拜、科莱特或马塞尔·埃梅。

更喜欢长篇而不是短篇，这是不是一种小资产阶级的姿态？是不是这样的姿态促使弗洛马热先生和太太为他们的客厅购买一幅油画而不是一幅素描？“一幅素描，尺寸更小，从远处看不见，而且永远不知道是不是已完工。”

我不知道这是否是多金的坏品味在作祟。人们需要密实的写作、有大量描写的章节，对话要像闲聊一样滔滔不绝；如果小说叙述过去之事，人们还要求相关的历史信息；如果故事发生在当下，则要求新闻资料。总而言之，人们喜欢苦工、汗水、被证明了的能力、被看在眼里的工作：人们要把作品呈现给朋友看，向他们证明自己没有被艺术家或商家骗去钱财。

“面对一本八百页的小说，”弗洛马热先生声称，“我们可以肯定作者付出了劳动。”

或许恰恰并非如此……

把叙事精简到最主要，避免无用的枝节横生，将描述引向暗示，笔墨简洁，摒除作者的一切沾沾自喜，这都需要时间，需要时间去分析、去评判。

说到底，如果弗洛马热先生和太太认为长篇小说“比短篇小说更有艺术性”，那是因为这是浮夸艺术。

*

写完上面的段落，我意识到我掉入了论战的陷阱：二元思维。

那么，我就像我指责的思维局限的人一样思考了：我对抗、二元对立、抬高一方贬低另一方。真愚蠢！思考，就意味着接受复杂性，而论战不思考，因为它将复杂性缩减到二元。

总之，我像喜欢短篇小说一样喜欢长篇小说，但是各有喜欢的理由。

*

《奥斯坦德的沉思者》在意大利得了个奖，那是我的第二本短篇小说集。我觉得这里的评论界完全理解我的企图，因为他们对于伊塔洛·卡尔维诺的《美国讲稿》早就烂熟于胸，这也是我的枕边书之一。一名知识分子追求轻松、简洁，并未让他们感觉震惊，相反他们为此喝彩，因为他们深知这有多么困难。以拉丁民族的敏锐，他们不会混淆简洁和简单化。

简单化：对复杂性的无知。

简洁：已解决的困难。

*

在维罗纳，我听说了一个美丽的故事。

二十世纪前半叶，有一位园丁负责维护一处墓园，那里有朱丽叶的陵墓。游客来这里参观她的墓，爱人们来这里接吻，不幸的人来这里哭泣。被每天所见到的场景感动，园丁训练了许多鸟，会听从他的命令，在那些痛苦灵魂的肩头停留，然后用喙偷偷给他们一个吻。这场景让人欢喜，让人充满好奇。渐渐地，寄自世界各地的信纷纷飞来，向朱丽叶寻求爱情建议。

园丁习惯用他的生花妙笔回答这些信，然后署名“朱丽叶”。

五十年代，当他去世后，信件继续纷至沓来，都写着唯一的地址：“意大利，维罗纳，朱丽叶收”。一些维罗纳居民决定将这一传统继续下去，他们成立了一个“朱丽叶俱乐部”，有七位妇女负责给那些不幸的人或孤独面对困境的人写信。

昨天晚上我遇到了当今的七位朱丽叶，是几名知识分子、心理学家、社会学家和律师，她们与得克萨斯州的死刑犯或中国的灯塔守护人通信……

奇妙的维罗纳，由意大利人建造，并借一个英国人莎士比亚而名扬天下……

*

一如从前，我不再生活。写作完全占据了我并把与此无关的一切事物悬置。我把自己放入括号，缩减成一名誊写人、一只迫切提供服务的手：那些人物渴求存在，故事渴望寻找它们的词汇。

十二月份的节日，我过得像个幽灵。对于写作的执念让我只用几个小时的时间真诚地与我父母、我妹妹、妹夫及外甥们一起度过，一旦离开这间屋子，我正在写作的作品一下子又拽住了我。

有时候我会想写作这东西不喜欢我的家人、朋友，仿佛一位不肯妥协的情人，要独享我，把我从他们手里抢走。

也许因为这个缘故，我会在写作的过程中重新引入我的亲人们。我想着他们，想着他们以后的阅读。我试着让他们吃惊，让他们觉得有趣，我押注每一页中他们喜欢和不喜欢的地方。我把他们设想为我正在写作的文本的潜在读者。

不过一旦出现在他们面前，我又不在那儿了。我假装是我，但我记得他们是他们。

*

短篇小说是长篇小说的图示，是长篇缩减到最核心的部分。

这种苛刻的形式不容背叛。

如果说人们可以把长篇小说当作杂货铺，对短篇小说则是行不通的，必须精心测量给予描写、对话、段落的空间。构架上的任何细小差错都会暴露无遗，刻意奉承也一样。

有时候我觉得短篇让我更有用武之地，因为我首先是一个戏剧写作者。

我们知道从契诃夫、路伊吉·皮兰德娄、田纳西·威廉斯等开始，短篇小说就适合于剧作家。为什么？短篇小说家能感受到在引领读者：他用第一句话抓住读者，将他带入第二句，没有停顿，没有中转站，这是他在戏剧中养成的习惯。

剧作家喜欢短篇小说，因为他们觉得短篇小说卸去了读者的自由，将他们变成观众，让他们走不出来，除非最后离开他们的扶手椅。短篇小说再次赋予作家这种权力：掌控时间，制造戏剧冲突、期待、悬念，牵拉情绪和领会力之绳。然后，突然，帷幕落下。

实际上，短篇小说的简短让它与音乐和戏剧同处一层：都是一门时间的艺术。阅读的时间就像聆听或观看的时间一样，都由制造者来调节。

简短使得阅读引人入胜。

*

我对人们不常提及的一件事很敏感：一本书合适的体量。

作为一名读者，我认为我读过的书绝大部分没有合适的体量：一本三百页的书，而主题只需一百页；一本可调动五百页的书却局限在一百二十页。为什么文学评论继续避开这一标准？评论通常只局限于指出长度，那也是在篇幅明显过长的情况下。

这种逃避责任尤其令人费解，因为在其他艺术中，对于形式和内容的适量性，人们都会进行测量。如果一名雕刻家在一块小石头上雕刻一组纪念性雕像，或者在一块六米高的花岗岩上只刻一朵蒲公英，人们会觉得很奇怪；对于绘画，人们讲究镜框与画作的尺幅、主题之间的比例关系；对于音乐，人们有时会评判某一片段的音乐，某种音乐元素不够。但是对于文学，从来没有这样的评论。

我自己对此深信不疑，我认为每个故事都有自己的密度，需要一种与此匹配的写作形式。

许多长篇小说不过是些肉馅馅饼：一匹马、一只云雀，亦即纯粹是元素堆砌。常常用上好几行，描写详尽无遗，甚至如公证人的笔录；模仿生活的对话摧毁了风格；随意拾人牙慧的理论，像肿瘤一样成倍扩散。

当纽约一家出版社在美国出版《易布拉辛先生和〈古兰经〉之花》时，有个出版人问我可不可以把这个八十页的故事重新写到三百五十页，继续拓展一下易布拉辛先生、莫莫的父母、祖父母及学校同学的命运……

*

《纪念天使协奏曲》。

我是听着阿尔班·贝尔格的音乐写这篇小说的，这音乐让我着魔，带领我进入一种难以名状的感受，带来全新的思维。

我从没这样注意到过年龄给予了我们多大的自由。二十岁，我们是所受教育的结晶，但四十岁，我们终于是自我选择的结果——如果我们做选择的话。

年轻人成为他童年时向往的那个成年人，而成熟后的人就是那个年轻人的孩子。

我们可以改变吗？尤其是我们自愿改变吗？

我再次处于这些问题的中心，直面自由这个话题……

对于决定论阵营的人来说，显然人是不会改变的，因为他没有任何自主性，没有任何自由意志。意志，这诱饵，不过是给看得见的最后包装一个名称罢了。如果个体变得有所不同，那是在强制性力量的作用下（社会驯服）或者创伤作用下形成的。除非是机器内在的磨损，否则这变化肯定来自外力……

对于相信自由的那群人来说，事情变得更为复杂。自由意志能强大到可以改变一个人的性情吗？

对有些人来说，这是可能的。我称这些雄心勃勃的人是神圣阵营参与者。不管他们是犹太人、佛教徒还是基督徒，甚至萨特这样的无神论者，在《魔鬼与上帝》中创造的主角格茨从恶人彻底变成好人，他们都相信我们完整的变化力。

不，对于另一些人，比如我，是被我称为“修正者”的审慎者。人不能改变，但可以自我修正。他以另一种方式使用自己的性格，使之转向，用以为其他价值观服务。由此，《纪念天使协奏曲》的主角克里斯，受一位不幸而焦躁的母亲的影响，对竞争有着一种近似宗教般的信仰，总是梦想着成为最佳。在他几乎谋杀般的行为之后，震惊之余，他保留了自己的个性——精力充沛、好斗、醉心于成功——但他把这种性格用于行善。尽管他发光的方式不同了：个人主义者的灯泡被利他主义者灯泡所取代，但他依然是同一个人。

*

自由意志的力量。

没有它，我们都会屈从于暴力冲动。被怒火、恐惧、愤怒占据，谁没有在某一时刻恨不得揍人甚至杀了别人？

我经常会想我们都是刽子手。人性中的大部分，亦即可以自控的部分是由想象中的刽子手构成，小部分由真正的刽子手组成。

*

玛格丽特・尤瑟纳尔曾经说过：人不会改变，而是变深刻。

类似地，安德烈·纪德也建议追随自己的道路，只要这是一条上升之路。

当自由意志与聪明才智结合，人类就变成一种可交往的动物。

*

布鲁诺和杨看到了《纪念天使协奏曲》，他们找到我，激动地对我说我写了一篇关于爱的动人小说。

我很意外，我自己都没有意识到。

*

《爱丽舍宫的爱情》。

在构思这篇错位爱情的寓言故事时，我感觉几乎就身在剧院。亨利和卡特琳娜是个性突出的人物，一下子就引人注目。他们是维持表面形象的高手，带着多重面具，有着善于自我控制之人的丰富性，也有着沉默者的痛苦。

同时人物所处的地点设下了圈套：爱丽舍宫应该成为一幅画的底色，成为一个框，使得住在里面的人害怕公众舆论显得顺理成章。

我不得不开了好几次头，以寻找到准确的角度。很简单，这角度就是让我们对一个孤独的深感被抛弃的女人充满同情。

*

如果说用《爱丽舍宫的爱情》来结束全书，那是因为它给出了钥匙：就如亨利和卡特琳娜那样，人们在时间的隧道里错过，他们几乎从不同步体验相同的感情，却承受痛苦的错过……

因此，下毒的女人和她的神父就这样错过时机……

因此，水手格雷格，在他女儿们年幼时，忘了做父亲。

因此，克里斯和阿克塞尔如此不同的两个人相互欣赏，等到他们改变时，差距又一如既往地出现了……

如果说有一天，有些解释能让我们明白我们所错过的，但它不能弥补。

意识觉醒带来的救赎往往已经太晚，不幸已经酿成……改邪归正并不能抹去已经造成的结果。货船机械师格雷格的女儿们，仍然会为曾经不被热爱不被关注而痛苦……

我也可以把这本书称为《爱的错时》……

*

丽达，无望之业的圣母马利亚，不可能之事的圣妇，出现了，宛如一颗多面体的宝石出现在这些故事中。这种照亮，有时是讽刺性的，有时是触发性的，有时是玩世不恭的，有时带来希望。它的复现是善意的双刃剑：对于某一人的善可能触发另一人的恶；让保罗迷失的事正好拯救了皮埃尔。

圣丽达是一个什么都不说的客体，但我们通过它来叙述。

这个主题并不是我作为作家给出的一种解释，更多是一点刺激，一点挑逗，一个促使读者思考的神秘内核。

就在今天早晨，我还收到了几封德国中学生的来信，他们学习了《易布拉辛先生和〈古兰经〉之花》。在一片赞扬声中，有位学生抱怨道："为什么您没有解释易布拉辛先生重复'我知道我的《古兰经》里有些什么'这句话的理由？"

我用一句话回答了他：

"因为我想要你们自己去寻找到答案……"

当一本书写完，它的生命就开始了。

从今天晚上起，我不再是本书的作者，它的作者从此以后是读者们……

伏尔泰说过，最好的书是一半由读者的想象构成的书。

我赞同他的观点，但在我内心深处，我总想加上：但愿读者有这份天赋……

*

说明：但愿读者们或许比我更有天赋，这一点儿不会让我不快，正相反……